Christoph Kuhn – Tatjanas Zimmer

Christoph Kuhn

Tatjanas Zimmer

Erzählungen

Literarische Broschur, Band 10

Verlag Sankt Michaelsbund

Die Erzählungen *Die Verbindung, Sauna, Blitzschutz, Die Beine unterm Tisch, Die Stimmen, Der Gast, Gott im Haus, Überfall, Die Behausung, Die Papageientante* und *Späte Annäherung* sind erstmals in dem Band *Die Beine unterm Tisch,* Verlag EDITION DOPPELPUNKT, Wien 1997, erschienen.

Der Verlag Sankt Michaelsbund im Internet:
www.st-michaelsbund.de

ISBN 978-3-920821-77-1
Zweite Auflage 2007

Satz und Layout: Rudolf Kiendl, München
Umschlagbild: Doris Behm, Halle
Druck und Bindung: MDV Maristen Druck & Verlag GmbH, Furth

Inhalt

Die Verbindung

Ihre Hände zittern, als sie unwillkürlich, mechanisch und nur, um irgend etwas zu tun und sich abzulenken, die Schlüssel zu den Abteilungen kontrolliert. Dann läuft sie ziellos durch die Gänge des Instituts, glücklicherweise hat sie heute keine Arbeit mehr, die Konzentration erforderte; jedem Vorgesetzten geht sie aus dem Weg, um zu vermeiden, noch einen Auftrag zu bekommen.

Gleich nach Dienstschluss fährt sie die zwei Kilometer zum Meer, schließt das Rad an einen Windflüchter, klettert die Steilküste hinunter, läuft den Strand entlang durch trockenen Sand, durch auslaufende Wellen, über Steine. Sie hofft, dass ihre Erregung hier abnimmt. Sie fühlt sich verändert, merkwürdig verwirrt. Nur weil sie in Kopenhagen angerufen hat.

Sie schaut auf die See. Der Horizont setzt sich scharf gegen den Himmel ab, wie mit spitzem Bleistift leicht gebogen gezeichnet. Wie weit war es möglich, bei so klarem Wetter übers Wasser zu sehen? Sie sieht, so sehr sie sich anstrengt, kein Stück Land gegenüber. Ein Düsenjäger fliegt über dem Meer, zieht einen Kreis, wendet. Der Pilot kann sicher Dänemark sehen.

Jorgensen hatte sich gemeldet. Sie kann sich Stellen,

Räume denken, von denen aus er sprach, gegen vierzehn Uhr dreißig, als sie ihn anrief; vielleicht war er da zu Hause, hatte Urlaub oder nur Mittagspause, war in seinem Büro, in seiner Werkstatt. Fünf- oder sechsmal tönte das Rufzeichen, ehe er abnahm, vielleicht kam er aus dem Garten herein oder aus dem Bad. Sie ließ, nachdem er sich gemeldet hatte, einige Sekunden vergehen; sie horchte nach Kopenhagen hinüber. Er sagte etwas, was wohl auf deutsch ‚Ja, bitte' hieß. In ihrer Aufregung vergaß sie den längeren englischen Satz, mit dem sie eine falsche Verbindung entschuldigen wollte, sagte zweimal ‚Excuse me, excuse me, please' mit bebender Stimme und legte auf und saß minutenlang unschlüssig vor dem Telefon, während ihre Hände auf der Schreibtischplatte fahrige Bewegungen vollführten.

Am Strand liegen Kunststoffflaschen und Papiertüten verstreut, die Juice, Joghurt oder Vollmilch enthielten. Sie aufheben und vergleichen ist wie Nachhilfe in Erdkunde, denkt sie. Eine viereckig gefaltete dänische Tüte betrachtet sie länger. Vermutlich ist es so eine, wie sie morgens auf Jorgensens Frühstückstisch steht. Sie versucht, sich eine Hand vorzustellen, die die Tüte hält und ankippt, damit Milch herausläuft. Ob er einen Fingerring trägt, ob seine Finger lang oder kurz sind, wie die Nägel aussehen, ob es gepflegte Hände, schmale oder breite sind.

Ihre Kollegen verstünden diesen Anruf nicht. Würden sie ihr Vorhaltungen machen über den unberechtigten

Gebrauch des Diensttelefons? Einige von ihnen wählten manchmal die Nummer einer Agentur, von der unablässig Werbung und Musik zu hören war, saßen dann da, den Hörer an die Schulter geklemmt, beim Kaffee.

Sie rief nie aus Übermut oder Langeweile irgendwo an. Ob Jorgensen sie verstand? Falls er sich für Musik, Bücher, Filme interessierte wie sie, würde er sich auch in den Beweggrund, in den Sinn ihres Anrufs hineindenken.

Auch eine Nummer in Paris, Tallinn oder Piräus hätte sie wählen können. Doch bedeuten ihr große Entfernungen nicht mehr so viel. Vor ein paar Jahren noch sehnte sie sich nach China, Manhattan, Istanbul; weit weg musste es sein, geheimnisvoll, ganz anders. Heute galt ihr Fernweh Näherliegendem. Dänemark zum Beispiel. Sie kennt die Reisezeiten der Schiffe und Flugzeuge…

Ihr wird die Ausweglosigkeit bewusst, Jorgensen je zu sehen und kennenzulernen.

Sie hatte irgendeine Nummer in Kopenhagen gewählt, etliche Ziffern, bis das Rufzeichen ertönte, und sie hatte sich diese Zahl gemerkt.

Jorgensen ist sicher kein seltener Name in Kopenhagen. Um ihn zu finden, müsste sie jeden Jorgensen anrufen und fragen, ob er am Soundsovielten gegen vierzehn Uhr dreißig einen Anruf erhalten habe von einer jungen Frau, die sich offenbar verwählte und in englischer Sprache dafür um Entschuldigung bat.

Wie sie ihn sich auch vorstellt, undeutlich bleibt sein Gesicht; besser gelingt es ihr mit seiner Gestalt, seiner Haltung, der Haltung eines Mannes in mittleren Jahren, mit Bewegungen, die zu seiner Stimme passen.

Besser gelingt es ihr auch, sich seine Umgebung zu denken. Sie sieht am Ende des Tages Menschen an einem großen Tisch essen, schwatzen und lachen – Kinder, alte Menschen, junge Frauen wie sie, Männer wie Jorgensen. Und er erzählt, laut, damit alle ihn hören: Nachmittags habe das Telefon geklingelt…

Sauna

Ohne in Erscheinung zu treten, rief Erna hinter ihrem Vorhang hervor: Alles besetzt, keine Schlüssel da!

Wie immer. Rolf drehte sich um, ging ein Stück zurück in den Vorraum, setzte sich zu einem älteren Herrn auf die Bank, las eine Viertelstunde, bis Erna angeschlurft kam in Holzlatschen, den geschwollenen Leib mühsam in eine rosafarbene Kittelschürze gezwängt.

Tag Erna, sagte der ältere Mann, auch Rolf grüßte. Erna sagte: 'n Abend. Wenn einer rauskommt, kannste rein.

Zwei weitere Männer kamen. Warten?, fragte der eine.

Rolf nickte, der ältere Herr sagte: Alles voll.

Die anderen Männer setzten sich auf die Bank gegenüber.

Jedes Mal dasselbe, sagte der eine.

Als wieder einer die Sauna verließ, mit gerötetem Gesicht und akkurat gekämmt, stand Rolf auf und ging zu Ernas Kabuff, und Erna gab ihm den Schlüssel zum Spind, schrieb seinen Namen auf, verlangte ihm zehn Mark Pfand ab und die Unterschrift, und dann ging Rolf sich ausziehen, ging nackt mit Handtüchern und Waschzeug zum Duschraum.

Bis zu den Knöcheln standen die Männer im schaumigen Wasser, weil die Schleusen verstopft waren. Wie immer.

Rolf duschte. Manche passten da genau auf, sie würden sich sogleich beschweren, ginge einer sofort in den Hitzeraum, so sauber er auch wäre.

Die Männer saßen dicht nebeneinander. Rolf legte sein Handtuch auf die Holzleisten, fand eben noch Platz, hatte rechts und links Berührung mit schwitzenden Körpern.

Bei seinem Eintreten hatten die Männer geschwiegen, jetzt sagte einer: Wie er nur heißt, dass mir's nicht einfällt – doch, natürlich: Boskop.

Ein zweiter bestätigte ihm den einzigartigen Geschmack dieser Sorte. Andere redeten über Vergasereinstellungen. Einem hatte die Wohnung durch einen Wasserrohrbruch unter Wasser gestanden. Zehn Zentimeter, sagte er und zeigte die ungefähre Höhe. Die Anbauwand, die Auslegeware, alles, alles hin, sagte er.

Die Sitzreihen stiegen an wie bei einer Tribüne. Der Mann, der hinter Rolf saß, fuhr sich mit einer Bürste schabend über den Körper, Rolf spürte die Schweißspritzer auf seinem Rücken. Die Hupe ertönte, das Zeichen für den Aufguss. Während des Zeichens stand der ältere Herr auf. Um nicht an die Decke zu stoßen, stand er mit gesenktem Kopf wie bei einer Ehrenbezeugung oder beim Gebet.

Es war heißer geworden, und Rolf stellte sich vor, in einem Bunker zu sitzen, nicht mehr nach draußen gelangen zu können. Heißer und heißer würde es. Sie wären eine Notgemeinschaft, müssten sich abfinden mit dem engen Raum, ein Mann mit dem anderen, seiner Nähe, seinem Schweiß. Vielleicht würden bald um die unteren, am wenigsten heißen Plätze erbitterte Kämpfe ausbrechen.

Rolf zählte zwölf Männer – sie würden zwei Gruppen bilden: eine Clique, die bestimmen wollte, würde den schwächeren Teil unterjochen, auf die oberste Bank, an den Ofen verweisen. Rolf fragte sich, wie lange es dauern könnte; er war matt vor Hitze, sehnte sich nach dem Kaltwasserbecken, das es in diesem Bunker ja gar nicht gab. Dann schon lieber im Freien vor einer Druckwelle erledigt werden, dachte er und hörte wieder auf die Stimmen:

Du musst sie jetzt verschneiden, sagte der mit dem Boskop im Garten. – Später schadet es den Bäumen, wie alt sind sie denn?

Die Tür klemmte. Rolf konnte sie kaum öffnen.

Er versuchte, das kalte Wasser so lange wie möglich zu ertragen.

Blitzschutz

Das Gewitter kommt näher, die Abstände zwischen Blitz und Donner werden kürzer. Martin geht mit Kamera und Stativ in die Diele, öffnet die Balkontür und baut die Kamera auf.

Wie er geahnt hat, ist sein Vater schon da. Mit Bibel und Gesangbuch in der Hand geht er auf und ab. Die Mutter schließt in allen Zimmern die Fenster und zieht die Kabel aus den Steckdosen. Sie verlangt, dass Martin die Balkontür wieder schließe, und fragt, ob Maria etwa noch nicht zu Hause sei. Ehe Martin antworten kann, drückt sie auf die Klinke von Marias Zimmertür. Die Tür ist abgeschlossen. Die Eltern sehen sich kurz an, und die Mutter sagt nur: Seit wann schließt sie sich ein.

Draußen kracht es. Irgendwo in der Nähe musste der Blitz eingeschlagen haben.

Die Mutter zündet die beiden Kerzen im Leuchter auf der Kommode an. Der Vater bleibt mit dem Rücken zu seinem Studierzimmer stehen und sagt: Wir wollen ruhig werden. Martin reibt mit dem Taschentuch ein Stück der Fensterscheibe sauber, hält die Kamera dahinter und fixiert das Stativ.

Muss das jetzt sein?, fragt der Vater.

Ja, bitte, sagt Martin.

Schon lange will er ein Gewitter fotografieren, und natürlich geht das nur, wenn es blitzt. Martin will Farbaufnahmen mit langer Belichtung machen. Die Beleuchtung fasziniert ihn: Für Momente ist es taghell, und jeder Blitz sieht anders aus, manche wie Perlenschnüre oder Lichtflächen, die den ganzen Himmel aufleuchten lassen.

Martin will außerdem beschäftigt sein, während er die Bibelsprüche hört, die er auswendig kennt. Maria hat ja auch was Besseres vor. Vielleicht war Martin der einzige, der das Motorrad ihres Freundes Frank erkannt hatte und zusah, wie Frank es am Grundstück der Nachbarn abstellte, noch wartete, auf die Uhr sah, dann zum Haus ging, wo Martin ihn einließ. Ein paar Mal schon war er mitten in der Nacht gekommen.

Angst vor Gewittern hat Martin seit Jahren nicht mehr. Beobachtete er die Blitze, war er auf den Donner gefasst und wusste, wie weit das Gewitter entfernt war.

Im Spiegel der Fensterscheibe sieht er, wie die Mutter, die den Vater anschaut, bei jedem Krachen zusammenfährt. Vor langer Zeit und vielen Gewittern standen Maria und Martin da, an der Küchentür, hielten sich vielleicht an den Händen und zuckten beim Donner zusammen und wagten nicht hinauszusehen.

Von guten Mächten wunderbar geborgen, erwarten wir getrost, was kommen mag, liest der Vater. Martin dreht den Film weiter und drückt auf den Drahtauslöser. Drei oder vier Blitze sollen das Bild vom Garten belichten, den Apfelbaum und die Büsche, die Ziegelwand der Scheune. Wie anders wirken die Farben jetzt, wie würden sie auf dem Film erscheinen. Gibt es überhaupt Farben ohne Licht?

Seine Blitze erleuchten den Erdkreis, das Erdreich sieht es und erschrickt, liest der Vater. Und die Nacht leuchtet wie der Tag. Finsternis ist wie das Licht.

Beim Öffnen und Schließen des Kameraverschlusses klackt es, und gleich darauf zieht Martin den Film weiter.

Er ist gespannt, wie viele Aufnahmen er machen kann.

In dieser Gegend verfangen sich die Gewitter zwischen den Bergen und dauern oft lange.

Der Vater fand auch für die längsten ausreichend viele Sprüche.

Martin erkennt jeden wieder, und er findet in manchen oft neue sonderbare Bedeutungen.

Der Vater liest: Und handelst wunderbar an mir… Vor Jahren brannte im Dorf ein Haus, vom Blitz getroffen, und die Bewohnerin starb an Rauchvergiftung. Vielleicht, weil in dem Haus nicht innig genug gebetet wurde oder gar nicht, weil es keinen Blitzschutz gab oder einen, der nicht funktionierte. Oder weil das Haus auf einer Wasserader stand. Handelst wunderbar an mir, an uns, die verschont bleiben.

Dieses Mal versteht er das Wort anders, bezieht es auf sich: Seine Fotoausrüstung, sein Zeugnis, die Lehrstelle, die ihm so gut wie sicher ist, und vor allem Yvonne – Yvonne geht mit ihm, das hätte er nie gedacht, denn viele wollten sie, und er getraute sich lange nicht, ihr zu sagen, dass er dauernd an sie denkt, von ihr träumt. Dass sie ihn nicht abwies, war fast ein Wunder. Nächste Woche würde er sie auch in sein Zimmer mitnehmen.

Ob die Eltern die Andacht dann allein halten würden...

Die Gewitter toben, und Maria und Frank, Martin und Yvonne liegen in ihren Zimmern und lieben sich. Vielleicht blieben dann die Eltern auch im Bett, und der Vater würde die Bibel vom Nachttisch nehmen, um der Mutter vorzulesen.

Ob Maria und Frank sich jetzt liebten? Zu hören ist nichts, und Martin hockt ziemlich dicht an ihrer Tür. Als er neulich nachts aufs Klo ging, hörte er sie stöhnen, fast klang es so, als weine Maria.

Jetzt liegen sie wohl still nebeneinander und werden den Vater sprechen hören. Ob Maria sich erinnert, dass ihr zwei der Sprüche gefielen, sie besonders trösteten: Solange die Erde steht, soll nicht aufhören Saat und Ernte, Frost und Hitze, Sommer und Winter, Tag und Nacht. Ich bin bei euch bis an der Welt Ende.

Später fand sie sie nicht mehr so gut. Das Stehen der Erde, was bedeutete das? Der Vater sagte, in der Bibel stünde Gottes Wort, darüber gebe es keine Diskussion.

Martin nimmt sich vor, bei einem der nächsten nächtlichen Gewitter in der dunklen Diele an die weiße Wand, gegenüber der Balkontür, seine Blitzbilder zu projizieren.

Und zwar im Wechsel mit den wirklichen Blitzen: Immer dann, wenn es draußen dunkel ist und donnert, würde eines seiner Fotos aufflammen – zum Donner des gegenwärtigen Gewitters Blitze aus einem vergangenen. Er könnte auch den Donner mitschneiden, auf Tonband, in seiner Vielfältigkeit: wie fernes rollendes Schuttabladen oder hartes Knallen von Peitschenschlägen oder knackendes Brechen trockener Äste. So gäbe es ein ununterbrochenes Blitzen und Donnern im Freien und im Haus. Der Vater würde den Unfug ablehnen, die Mutter sagen, mit den Naturgewalten sei nicht zu spaßen. Die Eltern stünden zwischen zwei Fronten, beide Gewitter wären nicht mehr voneinander zu unterscheiden.

Jetzt sieht Martin den Blitz einschlagen ins Pfarrhaus. Er überlegt, was er mitnimmt, vor dem Brand rettet. Die Mutter presst die Hände gegen die Ohren, der Vater schlägt die Bibel zu, klemmt sie unter den Arm. Die Tür zu Marias Zimmer wird aufgestoßen, Maria und Frank rennen nackt heraus, Kleidungsstücke in den Händen. Alle drängen die Treppe hinunter, weil die Flammen in den Zimmern lodern.

Im Hof stehen sie, blicken fassungslos auf das brennende Haus. Frank, mit seinen um die Hüften gewickelten Jeans, stellt sich den Eltern vor, Maria zieht noch hastig eins ihrer großen Hemden über, hakt sich bei Frank unter. Der Vater muss die Mutter festhalten. Martin hat nur seine Kamera mitgenommen und baut sie auf, um das Haus zu fotografieren, vor dem sie nun zurückweichen müssen, weil die Dachbalken herabstürzen.

Martin kauert, den Drahtauslöser von der letzten Aufnahme noch in der Hand, neben seinem Stativ, der Vater liest schon seit einer Weile nicht mehr, sondern hilft der Mutter, in allen Zimmern die Stecker wieder in die Dosen zu stecken.

Am Horizont ist noch ein schwaches Flackern zu erkennen.

Die Beine unterm Tisch

Jürgens Beine steckten in Jeans aus derbem Stoff mit dem Markenzeichen der amerikanischen Firma auf der Gesäßtasche. Die Hosenbeine erweiterten sich unten glockenförmig, bedeckten die Schuhe fast bis zu den Spitzen und reichten bis zum Fußboden. An ihren Innenseiten waren in Höhe der Knöchel kleine Glöckchen befestigt, die bei Bewegungen leise bimmelten, beim Gehen leicht aneinander schlugen.

Wegen dieser Hosen, die Jürgen ungefragt bei seinem Hamburger Onkel bestellt hatte, gab es Streit mit dem Vater. Sie sähen unmöglich aus, wären das letzte. Am geschmacklosesten und albernsten seien die Glöckchen.

Die habe er ja nun schließlich abgetrennt, sagte Jürgen. Er verschwieg, dass ihn sein Lehrmeister auf die Arbeitsschutzvorschriften hingewiesen hatte. Weitere Zugeständnisse mache er nicht. Jürgen sah an seinem Vater vorbei, aus dem Fenster ins Grüne oder auf die Wachstuchtischdecke, wo die benutzten Bestecke lagen und Teller mit Essensresten standen.

Meist kam es während einer Mahlzeit zum Streit. Es begann mit einer Äußerung des Vaters über Jürgens Hosen, seine Frisur oder seine spitzen Schuhe, die er neuerdings auch in der Wohnung statt Hausschuhen trug.

Jürgen konnte auf die Frage, warum er nicht bereit sei, sich die Haare schneiden zu lassen, keine die Eltern befriedigende Antwort geben.

Auch der Vater überzeugte Jürgen nicht mit dem Argument, kurze Haare sähen ordentlicher, gepflegter aus.

Kein vernünftiger Mensch läuft so herum wie du, sagte er.

Jürgen wich seinem Blick aus.

Und stur bist du obendrein, sagte der Vater. Merk dir: so lange du deine Beine unter unseren Tisch steckst…

Da stieß Jürgen seinen Stuhl zurück, sagte Mahlzeit und verließ das Zimmer. Er hörte noch, wie ihm der Vater nachrief: Das letzte Wort musst du auch immer haben!

In seinem Zimmer setzte Jürgen sich aufs Bett, zurückgelehnt, auf die Ellenbogen gestützt. Er starrte an die Wand, wo Poster von L. und seinen Musikern hingen. Sie trugen historische Uniformen und Waffen und grinsten. Im Hintergrund eine Menschenansammlung, Fans. Auf dem Poster daneben überquerten sie eine Straße mit dichtstehenden Bäumen und parkenden Autos. Dann L. allein. Porträts. Gepflegter Haarschnitt, ohne Brille, mit wirren, schulterlangen Haaren, mit Nickelbrille, mit randlosen Brillen. Neben seiner Frau aus Asien, im Bett ein Interview für die Presse.

Fotos. Viele noch in der Schulzeit eingetauscht. Auf Flohmärkten teuer erworben. Bilder, die er ‚von drüben' geschickt bekam.

Er schaltete das Tonbandgerät ein. Die neue Scheibe von L.

Jürgen war in einem Ring: Leute, die untereinander Platten tauschten. Einer bekam sie neu, überspielte sie gleich auf Band, trug sie zum nächsten, bekam von diesem eine andere zum Überspielen, die er weitergeben musste… Jürgen erhielt die Platten höchstens für einen Nachmittag, überspielte sie während dieser Zeit noch für andere Kumpels.

Ein Wahnsinn, diese Platte! Die hätte er sich auch gekauft, aber zweihundert waren ihm dann doch zu fett. Das war Musik! Ein Glück, dass es sie gab. Sie ging ihm durch den Kopf, wann immer er wollte, auch an der Werkbank, bei den Leistungskontrollen. Wie das im Gehirn funktionierte!

Was gäbe er darum, singen zu können wie L. In der Ecke lehnte seine Gitarre. Er rührte sie immer seltener an. Vor solcher Virtuosität musste man ja verzagen. Dem Vater war's recht: eine brotlose Kunst weniger. Jürgen sollte sich auf seine Ausbildung konzentrieren, den Facharbeiterbrief mit möglichst guten Noten erwerben. Gitarre – da würde er auch zu einem dieser kreischenden Fans, die Negermusik machten, bloß Krach und Gejaule.

Jürgen brächte es auch so zu nichts. Das dauernde Hören dieser Musik müsse ja zur völligen Verblödung führen. Er habe nichts anderes mehr im Kopf als seine Platten, von denen eine wie die andere klinge.

Aber der Sound war einfach traumhaft, zugleich so hart und weich. Jürgen schlug mit den Handflächen den Takt gegen die Bettkante. Schlagzeuger müsste er sein, bei so einem in der Band. Das wäre die beste Antwort auf den ganzen Familienknatsch.

Der Titel war zu Ende. Jürgen kannte seine Bänder so genau, dass er immer schon den Beginn des nächsten Stückes im Ohr hatte.

Den unbenutzten Kellerraum entrümpeln, renovieren, ein Schlagzeug aufstellen und jeden Tag üben: die Musik über Kopfhörer, dazu trommeln, dass das Haus dröhnt.

Er hielt das Band an, spulte es zurück, hörte den selben Titel noch einmal.

Er behielt L. im Auge. Ob der es zu etwas gebracht hatte in den Augen seines Vaters? Wenn Jürgens Vater L. kennen würde, müsste er ihm einen gewissen Erfolg bestätigen. Die Auftritte in den Sälen der ganzen Welt, im Fernsehen, in Filmen, die vielen Platten. Der staatlich verliehene Orden. Er hatte auch ein Buch geschrieben, trat für den Frieden ein, gegen den Vietnamkrieg, gegen Rassenunterdrückung.

Geh endlich zum Friseur! Solange du deine Beine unter unseren Tisch …

L. hätte sich das nicht bieten lassen! Ihm hätte das keiner zugemutet. Jürgens Freund Hartmut hatte es richtig gemacht, war ausgezogen in eine Kellerwohnung in einem anderen Viertel, dem konnten seine Alten nichts mehr anhaben. Sie kamen zu Besuch, als Jürgen gerade mal bei ihm war, um zu quatschen und Platten zu hören; sie waren ganz freundlich und zurückhaltend, Hartmut drehte die Musik nur ein wenig leiser; sie interessierten sich für alles mögliche – sogar für Hartmuts Platten.

Hartmut konnte nun auch ohne Schwierigkeiten Mädchen mit auf seine Bude nehmen. Wenn Elke bei Jürgen war, wurde sie von Jürgens Mutter immer gleich herausfordernd gefragt, wann sie denn zu Hause sein müsse. Die Mutter verhehlte nicht, dass ihr Elke missfiel: Sie sähe genauso wild und ungepflegt aus wie die Jungen, wie leider auch ihr Jürgen, lebe genauso ziellos in den Tag hinein, hätte es schon faustdick hinter den Ohren, würde Jürgen herumbekommen, um den Finger wickeln.

Die Mutter wachte über seine Freundschaften mit Mädchen. Sonst hielt sie sich dankenswerterweise zurück, gab wenigstens zu, von Musik nichts zu verstehen.

Warum zog er nicht aus? Er würde bald Geld verdienen, brauchte seine Beine nicht mehr unter ihren Tisch zu stecken. Was hielt ihn auf? Er würde noch auf den großen Knall warten, vielleicht auch darauf, dass die Mutter sich härter gegen ihn stellte. Das Fass war noch nicht am Überlaufen.

Hartmut musste ja geradezu fliehen. Ihm hatten sie die Haare mit Gewalt abschneiden wollen, stachen ihn dabei mit der Schere. Hartmuts Vater riss alle Starfotos von den Wänden und verbrannte sie, war in eine Fete hereingeplatzt, hatte herumgebrüllt.

Als der Song wieder ausklang mit diesem langanhaltenden Pianoton, schaltete Jürgen das Gerät auf eine andere

Spur um. Vom nächsten Titel verstand er fast jedes Wort, obwohl er in der Schule erst seit einem Jahr Englisch lernte. Seine Sprachkenntnisse hatte er fast ausschließlich vom Beat. L. war sein wichtigster Lehrer. Jürgen verdankte ihm viel.

Er sah das Bild an. Elke sagte, Jürgen sehe L. ähnlich. Das lag an der Frisur und an der gleichen Nickelbrille, die Jürgen durch ein Zeitungsinserat erworben hatte.

Manchmal trägt er diese Brille noch. Das Haar meistens kürzer. Und andere Jeans. Seine Beine stecken unter dem eigenen Tisch. Zusammen mit denen von Elke und John.

Etwas getönt und leicht gewellt hängen Elkes Haare nicht mehr so tief in die Stirn bis zu den Augen, wie früher, als die Spitzen bei jedem Wimpernschlag zuckten. Etwas Reizvolles in Elkes Gesicht. Jürgen erinnert sich oft daran. Sie sagt, jetzt sei sie zu nervös für so langes Haar.

Johns Haare sind lang und kurz. Eine Kopfhälfte ist fast glattrasiert, von der anderen steht das Haar borstig ab, im Nacken ist es am längsten, rot gefärbt und zu einem dünnen Zopf geflochten.

Vater und Sohn sitzen sich gegenüber. Jürgen überlegt: Ist John eigentlich ein Punker oder ein Popper oder eine Mischung aus beiden. Er kennt sich nicht so gut aus. Er weiß nur, dass er selbst um sein Äußeres wenig Aufhebens macht. Er braucht nur einen Bruchteil der Zeit, die John braucht, sich morgens zurecht zu machen. Jürgen wächst ein Vollbart. John dagegen ist glattrasiert, trägt Ohrschmuck, um den Hals Ketten und Tücher.

Jürgen hat sich vorgenommen, sich nicht einzumischen, soll John aussehen, wie er will, er würde sich wahrscheinlich sowieso nichts sagen lassen. Sie wechseln nur rasch einen Blick, Elke und Jürgen, wenn John besonders grell geschmückt und geschniegelt auftritt.

Aus seinem Zimmer ertönen Rhythmen, die Jürgen steril, seelenlos, langweilig findet. Wie Schüsse hört sich das mitunter an. Er will es nicht Musik nennen.

Ab und zu hört Jürgen die inzwischen zwanzig Jahre alten Scheiben seiner Jugend. Fordert John auf, sich die Musik von L. und seiner Band anzuhören. Jürgen schwört darauf, weil es noch echte Kompositionen sind, noch richtig musiziert wird auf normalen Instrumenten. Das Weiße Album zum Beispiel.

Und John äußert sich unentschlossen. Sie gefiele ihm schon, die Musik, sagt er. Aber er könne sich darüber nicht mit seinen Freunden unterhalten. Dann kehrt er zu seiner Musik zurück. Er isst, bevor er zur Disko geht, mit Jürgen und Elke noch Abendbrot.

Streckt seine Beine unter ihren Tisch.

Die Stimmen

Er lag da in der Nacht, und in der Stille waren nur die Stimmen. Und wenn er sie hörte, bekam er Gänsehaut, wie damals, als er sieben war und heimlich nachts noch Radio hörte.

Aber außer ihm hörte niemand etwas. Er hat die Leute im Haus gefragt, Nachbarn in der Gegend. Nicht einmal Cécile, die neben ihm lag, hörte es. Mehrmals weckte er sie. Jetzt, sagte er und richtete sich auf, und sie fragte: Was ist denn?, drehte sich zu ihm herum, und er sagte: Die Stimmen, hör doch! Aber außer ihren eigenen Stimmen und den Geräuschen ihrer Körper im Bett, Rascheln der Laken, Quietschen der Federn, Knarren des Holzrahmens war nichts mehr zu hören.

Cécile schlief wieder. Und er vernahm das Wispern wieder. Nicht deutlich genug, um die Sprachen zu verstehen, wenn er sie gekonnt hätte. Aber deutlich genug, um sie zu erkennen: Griechisch, Arabisch, Suaheli, Malagasy, Hindi, Bengali, Tagalog, Chinesisch.

Nur einige Wörter hörte er heraus: Regen Meer Taifun, Straße von nach, Warum Verstanden Nein Ja.

Irgendwo in der Nähe musste ein Funkgerät stehen.

Als Kind trieb er ausrangierte Radios auf, mit Holzgehäuse und Lautsprechern hinter staubigem Stoff. Manche gingen noch, brauchten aber einige Minuten, um warm zu werden. Die mit den magischen Augen, deren grüne Figuren im Rhythmus der Sprache oder Musik ihre Form veränderten, waren ihm am liebsten. Hinter den Skalen aus Glas oder Bakelit mit den Namen der Rundfunkstationen Saarbrücken, Kiew, Nizza, Wien, Oslo, Mailand, Wilna, Sofia leuchtete mattes Licht. Meistens kam nur der Ortssender, und er spannte Antennendrähte zum Fenster und von da bis zum Ahorn und versenkte einen Eisenstab im Vorgarten, den er mit einem Draht für die ‚Erde' verband. Dann war, je nach Barometerstand, eine zweite oder dritte Station zu vernehmen. Er ließ die Rundfunkempfänger ohne Rückwand spielen, obwohl auf diesen schwarzen durchlöcherten Pappen in weißer Schrift außer den Bezeichnungen für Röhren, Tonabnehmer und Buchsen ausdrücklich stand: Vorm Öffnen Netzstecker ziehen! Er wollte sehen, was im Inneren vor sich ging, wie die Pappkegel der Lautsprecher vibrierten, die Röhren glimmten, der Drehkondensator sich bei der Sendersuche auffächerte. Es roch nach erhitzten Spulen und verbranntem Staub. Beim Abschalten, auch wenn der Stecker aus der Steckdose gezogen war, spielten die Geräte noch lange, wurden aber leiser und leiser, bis nichts mehr zu hören war. Bevor er etwas von gespeicherten Strömen verstand, flößte ihm das Furcht ein.

Er war oft allein mit einem Radio und hörte in die Welt hinaus, baute später selber Apparate, empfing Sender aus Ländern, die er nur von Briefmarken kannte.

Am weitesten entfernt war Peking.

Die Musik faszinierte ihn und der Klang der Sprache. An manchen Abenden verstand er die Nachrichten und verliebte sich in die Stimme der Sprecherin; in gebrochenem Deutsch beschimpfte sie die Imperialisten und Revisionisten Moskaus, die roten Zaren im Kreml.

Er schwieg davon in der Schule, obwohl Radio Peking nicht zu den verbotenen Sendern zählte. Aber solche Hetze kannte er nicht vom Rias oder dem Sender Freies Berlin.

Er hörte Peking mit Frösteln auf der Haut, versuchte sich die Sprecherin vorzustellen, das Zimmer, wo sie hinter dem Mikrophon saß, das Funkhaus, den Stadtteil. Er sah die Frau im roten Kleid und mit schwarzen Haaren, aber es fiel ihm kein Gesicht zu ihr ein. Bis die Neue mit den schmalen schrägstehenden Augen in die Klasse kam. Cécile. Sie saß allein in der letzten Bank und sprach mit niemandem, sprang beim ersten Klingeln auf, rannte hinaus, stieg zu einem Jungen auf das Motorrad, umklammerte ihn und fuhr davon.

Während der chinesischen Nachrichten sah er jetzt immer ihr Bild. Sein selbstgebautes Radio funktionierte netzunabhängig mit Batterien und Transistoren statt Röhren und hatte kein Gehäuse. Alle Teile konnte er berühren, wobei sich Lautstärke und Klang veränderten. Er berührte die Stelle, wo sein Körper als zusätzliche Antenne wirkte – es wurde lauter und er genoss es, dass Radio Peking durch ihn hindurch sendete, dass die Frau, das Mädchen Cécile, ihn durchdrang.

Das Hören regte seine Phantasie an, das Hören mit immer besseren Geräten. Bilder in Büchern und Prospekten, Diavorträge oder Filme ließen ihn dagegen eher gleichgültig.

Die Neugier auf China wurde zum ständigen Fernweh, das zunahm, wenn er am Meer stand. Deshalb wollte er auch mit dem Schiff weg, wollte die Entfernung erfahren, die Dauer merken. Urlaubsflüge würden ihn nicht befriedigen. Er sah die Möglichkeiten, Seemann zu werden oder über die Grenze zu fliehen.

Er wurde Seemann. Und bevor er in See stach, wie es hieß, wollte er sich von Cécile verabschieden.

Es fiel ihm schwer, sie zu finden. Die gemeinsame Schulzeit war längst vorbei und Cécile war öfter umgezogen. Als er vor ihr stand, erkannte sie ihn nicht sofort wieder, und er wagte ihr nicht zu sagen, was er für sie empfand, obwohl sich herausstellte, dass der Motorradfahrer ihr Bruder war. Was ihr chinesisches Aussehen betraf, bestritt sie die Existenz von Vorfahren außerhalb Europas.

Vielleicht hätte sie ihn von seinem Entschluss, zur See zu fahren, abbringen können. Doch sie hielt ihn nicht, bat ihn aber, ihr zu schreiben, was er schon auf dem Mittelmeer tat. In seinen Reisebeschreibungen wünschte er sich von ihr Briefe in die Hafenstädte, wo sein Schiff in den nächsten Wochen anlegen würde.

In Kuala Lumpur erhielt er endlich nach drei Monaten den ersten Brief. Sieben engbeschriebene Seiten, die er ständig bei sich trug und mit einem Heiratsantrag beantwortete.

War aber seine Sehnsucht gestillt, gingen ihm nicht noch immer die Augen über in der anderen Welt, die einfach die Dritte genannt wird? Wie schwach waren seine Vorstellungen von ihr gewesen. Sie tatsächlich zu betreten, Düfte einzuatmen von blühenden Bäumen und Sträuchern, die in Europa Zimmerpflanzen sind, und von Ingwer, Curry, Kardamom – das war etwas völlig anderes.

Das Gefühl, alles schon einmal gesehen zu haben: Neben dem Durcheinander ständig hupender Fahrzeuge diese Behausungen aus Brettern, Blechen, Säcken – Buden, wie er sie als Kind gebaut hatte. Garküchen am Straßenrand. Nackte Kinder. Hunde. Und die meisten Menschen wirkten glücklich, ihre Blicke drückten nur selten Kummer und Leid aus.

Er würde Cécile den philippinischen Ort zeigen, wo ihm das schnelle Hereinbrechen der Dunkelheit zum Verhängnis wurde. Wo er sich verirrte, in eine Gegend kam, in der ihn niemand mehr verstand. Wo ihm ein Schlafplatz angeboten wurde für die Nacht, in der ein Taifun über die Insel brauste und er Angst ausstand, das leichte Haus, wasserdurchsprüht, könnte dem Druck der Böen nachgeben.

Oder er würde ihr das Dorf mit den heißen Quellen zeigen. Die Stadt Shanghai.

Doch sie müsste die Stimmen hören.

Sein Fernweh, nach Jahren des Lebens mit Cécile und ohne Seefahrt, nahm wieder zu. Seine Erlebnisse begannen unwirklich zu werden.

Jetzt waren die Stimmen so deutlich wie nie.

Seine Neugier darauf, wo der Empfänger stand und wer ihn benutzte, trieb ihn eines Nachts aus dem Haus.

Draußen hörte er nichts mehr von den Stimmen, sondern Lachen, Stöhnen, Schreien. Zwei Betrunkene stritten. Ein Mann und eine Frau liebten sich auf einer Bank. Ein Auto hupte. Eine Tür fiel ins Schloss. Die Turmuhr schlug.

In einem der Häuser seines Viertels fiel ihm das Fenster mit der Antenne auf. Er betrat das Haus und fand die zu dem Fenster gehörende Wohnung.

Die Tür war versiegelt.

Der Gast

Ich wollte Toronto nicht verlassen. Nicht so schnell.

Bis zum Rückflug nach Europa blieben noch zweieinhalb Stunden Zeit.

Ich schlenderte in der Empfangshalle auf und ab, sah winkende Hände, küssende Lippenpaare, lachende und weinende Gesichter. Sah mir die wartenden Leute an und die ankommenden.

Ich wusste nicht, woher die Menschen verschiedener Hautfarbe kamen, wo ihr Flieger gestartet war, vielleicht in Holland, in Australien oder in China. Ich überhörte die Ansagen.

In meiner Nähe stand ein Mann um die Vierzig, der ein Schild mit der Aufschrift *Jeff Folk* hielt. Angestrengt schaute er in Richtung der Sperre, die die Ankommenden passierten.

Ich fragte mich, ob er Jeff Folk sei oder ob ein Erwarteter so heiße.

Etwa zwanzig Meter von ihm entfernt sah ich eine Frau, ebenfalls mit einem Schild, auf dem derselbe Name stand.

Warteten sie unabhängig voneinander oder gemeinsam auf Jeff? Zeichen einer Verständigung zwischen ihnen bemerkte ich nicht.

Die Frau fand ich attraktiv. Mir gefiel ihre Gestalt und Haltung.

Ich ging im letzten Strom der Ankömmlinge – die Halle leerte sich langsam – auf sie zu.

Sie blickte nicht angestrengt, aber durchaus erwartungsvoll zur Sperre. Der gespannte Ausdruck ihrer dunklen Augen im schmalen Gesicht löste sich.

Ihr Blick ließ mich ahnen, dass ich es sein könnte.

Jeff, sagte ich, als ich vor ihr stand. Sagte das Wort halblaut, aber deutlich genug, unbestimmt, mit fragendem Unterton, so, dass es auch ihr gelten könnte zur Begrüßung, falls sie so hieße. Und ich sah ihr dabei in die Augen.

Sie sagte nichts und streckte die rechte Hand aus, nicht so, dass ich sie hätte drücken und kurz schütteln können, sondern höher hielt sie sie mir entgegen. Ich schlug mit meiner Hand leicht an ihre und umschloss sie, eine feingliedrige Hand.

Ihr Lächeln ermutigte mich zu einer Umarmung, die mir aber wegen meiner über der Schulter hängenden Reisetasche bloß andeutungsweise glückte.

Auch sie erwiderte die Umarmung nur unbeholfen, weil ich ihre rechte Hand hielt und sie in der linken das Schild.

Dann zog sie mich zum Ausgang.

Es war dunkel geworden. An der Straße öffnete sie die hintere Tür eines Taxis und stieg ein. Ich setzte mich neben sie. Meine Tasche war noch zwischen uns.

Fallstreet, sagte sie zum Fahrer; der wendete und nahm einen Weg, der mir so lange fremd blieb, bis wir in die Yonge Street einbogen.

Die Frau sah ruhig geradeaus. Wechselndes, verschiedenfarbiges Licht erhellte rhythmisch ihr Gesicht. Manchmal glaubte ich, ein Lächeln darauf zu erkennen.

Mir war nicht zum Lächeln zumute. Ich spürte meinen Herzschlag in den Schläfen, sah die Uhr auf dem Armaturenbrett. In zwanzig Minuten startete mein Flieger.

Wir rasten durch die Yonge Street. Locker lag die Hand der Frau, die immer noch das Schild hielt, auf meiner Tasche.

Weil ich nicht wusste, ob ich nach dieser Hand greifen sollte, berührte ich sie nur einmal wie absichtslos.

Kein weiteres Wort war gesprochen worden. Ich hatte ‚Jeff' gesagt und sie ‚Fallstreet', mit dunkler und vertrauter Stimme.

Da sie sich mir nicht vorgestellt hatte, hielt sie mich wohl für Jeff, der wissen musste, wie sie hieß – falls Jeff nicht ihr eigener Name war.

Der Fahrer stoppte an einer Kreuzung, schien sich orientieren zu müssen. Now, sagte die Frau, und er bog scharf rechts ab, fuhr langsam durch das Villenviertel, das mir bei meinen Wanderungen durch die Stadt am meisten gefallen hatte.

War ich schon einmal an diesem Haus vorbeigekommen?

Die Frau öffnete eine Pforte in der Hecke und ich folgte ihr durch einen kleinen Park. Als wir zur Tür kamen – an der es, wie auch an der Gartenpforte, kein Namensschild gab – wurde es hell vor dem Haus und drinnen.

In der Diele lachte sie mich an, als sei ihr eine Überraschung gelungen.

Ich versuchte, mich unbefangen zu verhalten, riskierte es zu sprechen, sagte beautiful und I'm glad, unverfängliche Wörter. Sie passten sowohl für den Fall, dass ich noch nie hier war, als auch für den, dass ich wieder hier war nach unbestimmter Zeit.

Hatte sie das Haus erworben, gemietet, umbauen oder renovieren lassen? Und musste ich das wissen?

Musste ich mir nicht zuvor darüber klar werden, wer sie war und welche Rolle ich hier übernahm?

Sie öffnete ringsum Türen, führte mich in die Zimmer im Erdgeschoss, zeigte mir die erste Etage mit der Terrasse, von der aus wir auf die Stadt blicken konnten.

Der Vollmond stand hinter dem High Point.

Sie ließ mich ins Schlafzimmer sehen und ins Arbeitszimmer.

Wie sie sich bewegte und mich ansah – voller Triumph.

Oder bildete ich mir das ein: spielte sie nur die geschickte Vermieterin?

Wenn aber Begeisterung angebracht war, durfte ich vorläufig weiter sprachlos bleiben.

Ich konnte jetzt auch lachen, kopfschüttelnd durchschlenderte ich die Räume.

Vielleicht fand ich im Arbeitszimmer Anhaltspunkte für meinen Aufenthalt, für einen Beruf – ihren, meinen oder einen gemeinsamen.

Aber ich war nicht allein, die Frau blieb mir immer auf den Fersen. Manchmal standen wir uns so nahe, dass sich unsere Körper berührten. Sollte ich sie umarmen? Auf der

Terrasse tat ich es einfach, drückte sie an mich, aber nur für einen Moment, eher freundschaftlich. Zeichen vertrauterer Zuneigung überließ ich lieber ihr. Weil sie doch wissen musste, für wen sie mich hielt.

Längst war es Zeit für's Abendessen.

Vielleicht hörte sie meinen Magen knurren, denn sie fragte: Would you like a snack?

Anlass, mir die Küche vorzuführen, aus der ich mich, als sie zu hantieren begann, still zurückzog – hinauf ins Arbeitszimmer.

Schnell zog ich die erste Schublade auf: Feuerzeuge, Bindfäden, Briefmarken, Fotoobjektiv, Taschenuhr.

Eine Klingel schrillte. Ich erschrak, riss fast den Kasten heraus, schob ihn zu, drehte mich um: Auf dem Fußboden stand ein uraltes schwarzes Telefon; es klingelte zum zweiten Mal. Rasch verließ ich den Raum.

Die Terrassentür stand offen; so konnte sie vermuten, dass ich draußen war. Aber sie kam nicht herauf; ich sah sie über den Flur gehen, wo sie mir ein Zeichen gab, dass sie unten telefonieren könne, und da läutete es wieder.

Ich rannte ins Arbeitszimmer zurück. Dort riss ich, ehe sie unten abheben konnte, den Hörer von der Gabel; dabei fiel die Sprechmuschel heraus und auf den Fußboden.

Joanna Hill, hörte ich sie sagen. Ihr Name!

Eine Kim meldete sich. He's not coming, sagte sie.

Ich verstand, dass sie und ein Mann namens Bob vergeblich am Flughafen gewartet hätten, mit Schild, wie geplant.

What are you talking about?, fragte Joanna. Jack Winter, your guest, käme erst morgen.

Sie hätten heute auf Jeff Folk gewartet, antwortete Kim.

It's a big mistake, sagte Joanna; Jeff Folk sei ihr Besuch und bereits da.

Nun verstehe sie gar nichts mehr, sagte Kim. Denn nachdem der letzte Mensch durch die Sperre gekommen sei, habe sie sich nach der Passagierliste erkundigt: Jeff Folk sei nicht im Flieger gewesen.

You're kidding, antwortete Joanna. Kim sollte morgen keinesfalls vergessen, Jack Winter abzuholen. Und Grüße an Bob.

Ich wollte schon einhängen, besann mich aber: Es könnte in der Leitung knacken.

Kim fragte noch: Who is this?

Von Joannas Antwort verstand ich wenig, weil mir einige Vokabeln fehlten. Auch dämpfte sie die Stimme.

Vermutete sie mich an der Treppe stehend?

Ich sei anders, als sie es sich gedacht habe, sagte sie. Do you remember the letter? Beide glucksten vor Lachen.

Kim wünschte Joanna noch einen schönen Abend und eine schöne Nacht.

See you. Bye – bye.

Es knackste, Joanna hatte aufgelegt.

Ich zitterte und mühte mich, die lose Sprechmuschel wieder einzupassen, hängte den Hörer an die Gabel, ging schnell aus dem Zimmer, wieder zur Terrasse, wo jetzt eine Lampe brannte, unter der ich so tat, als suchte ich etwas in meinem Terminkalender.

Ich hörte Joanna die Treppe herauf- und näherkommen.

An der Terrassentür blieb sie stehen. Der Mond war neben den High Point gerückt.

Ich schaute auf und wollte sagen: I'm not Jeff.

Da läutete wieder das Telefon. Und Joanna sagte: Dinner is ready.

In ihrer Stimme klang kein Zweifel.

Gott im Haus

Herr Gott! können Sie Ihr Rad nicht das Stück weit tragen!

Meine Mutter tunkte den Wischlappen so heftig ein, dass das Wasser im Eimer überschäumte.

Herr Gott drehte sich um, sah wohl, wie deutlich das Profil seiner Reifen auf den feucht glänzenden Kacheln des Hausflurs abgebildet war. Und er warf uns einen Blick zu, der Erstaunen ausdrückte, Bedauern und Heiterkeit zugleich.

Wir standen zufällig in der offenen Wohnungstür, mein Vater und ich, und sahen der wischenden Mutter zu. Wir sahen, wie Herr Gott sein Rad – ein tolles Rad, um das ich ihn beneidete – hochhob, zu spät für meine Mutter, und es in den Keller brachte, sahen kurz davor diesen Blick von ihm.

Es ging alles sehr schnell, und der Ton meiner Mutter musste Herrn Gott so irritiert haben, dass er zu grüßen vergaß.

Von uns grüßte auch niemand, und es hätte auch doof gewirkt, ihm hinterherzugrüßen.

Sonst grüßte er immer.

Als er in unser Haus einzog, hatte er sich auch vorgestellt: Mein Name ist Gott, ich bin der neue Mieter und hoffe auf gute Nachbarschaft.

Das gefiel meinen Eltern.

Ein wohlerzogener junger Mann, das ist selten heutzutage, sagte meine Mutter. Trotzdem bezeichnete sie ihn als schrägen Typen, und mein Vater nannte ihn einen Paradiesvogel.

Meine Mutter wischte exakt vom Eingang bis zur Kellertreppe den breiten Radspuren nach, bis die ganze Flurfläche wieder einheitlich glänzte.

Steht nicht so im Weg, sagte sie, und zu meinem Vater: Du könntest auch mal etwas sagen!

Was denn?, fragte mein Vater.

Na, dass für ihn die Hausordnung gilt wie für alle, sagte sie. Hier mache immer nur ich die Treppe.

Die Treppe machen, erwiderte mein Vater. Du bist doch keine Bauarbeiterin.

Meine Mutter überhörte diese Spitzfindigkeit und sagte: Keiner der Männer hier im Haus hat je die Treppe gewischt.

Ich fühlte mich beteiligt und erinnerte daran, dass Frau Engel auch nie die Treppe wische, ich es jedenfalls noch nicht beobachtet hätte.

Von dieser Person erwarte ich es sowieso nicht. – Meine Mutter konnte Frau Engel nicht ausstehen.

Am sympathischsten war ihr, glaube ich, immer noch Herr Teufel: Ein eher unauffälliger Mann, den ich von allen Hausbewohnern am wenigsten leiden konnte.

Ich hörte ihn niemals sprechen. Statt zu grüßen verzog er seine maskenhaften Gesichtszüge bloß zu einem Grinsen und tippte mit zwei Fingern an die Blende seiner Schiebermütze. Er lief völlig lautlos durchs Haus.

Man hörte keine Musik aus seiner Wohnung. Er machte keine Feten.

Im Gegensatz zu Herrn Gott, der vorher Bescheid sagte, dass es etwas laut zugehen könnte.

Aber wir bitten Sie, nicht der Rede wert, sagten meine Eltern.

Die Feste fanden in seiner Wohnung im Erdgeschoss und an lauen Abenden vor seinen Fenstern im Garten statt.

Manchmal sah ich bis in die späte Nacht zu, das Kinn aufs Fensterbrett gestützt, bis mir vor Müdigkeit die Knie zitterten. Ich sah Leute lachend beieinander stehen und sitzen, sah wie Frau Engel eng umschlungen mit Herrn Gott tanzte.

Und im Dunklen einer Baumgruppe glaubte ich einen Mann mit Schiebermütze zu erkennen. Ich sehnte mich danach, erwachsen zu sein und solche Feste mitzufeiern.

Im Nachbarzimmer hörte ich meine Mutter über diesen Krach im Garten schimpfen.

Mein Vater hielt sich mit seiner Meinung zurück.

Für ihn war es übrigens eine Laune des Wohnungsamtes, Leute mit zueinander passenden Namen in einem Haus unterzubringen. Nur mit den Etagen war es verkehrt: Herr Teufel ganz oben, dann Frau Engel, unsere Familie Eva und Adam Erdmann und ich, Christian.

Und unter uns wohnte Herr Gott.

Überfall

Ich filmte verlassene Gehöfte. Autowracks. Die Kiesgrube, in der Müllabladen verboten war – dort besonders die Tümpel.

Aus ölig schillernden Wasserflächen ragten landwirtschaftliche Maschinen und an den Ufern lagen Fässer, Fernsehgeräte, Kinderwagen. In einer Senke nahm ich einen Berg alter Gummibälle auf, als hinter mir jemand sagte: Heil Hitler, Sportsfreund.

Ich erschrak, weil ich niemanden hatte kommen hören, drehte mich aber nicht sofort um.

Als ich mich umdrehte, schrie die Stimme: He, kannst du nicht grüßen!

Auf der Böschung stand einer im Drillichanzug und mit Bürstenschnitt, etwa 25 Jahre alt.

´n Abend, murmelte ich.

Raufkomm' und Meldung machen, zack zack!, rief er.

Zwei andere traten an den Rand der Senke, größere, stämmige, die einander ähnlich sahen. Schwarz gescheitelt der eine, gestiefelt, in Leder, mit einer Pistole in der Hand. Kahlköpfig der andere, im Jogginganzug, mit einem Schlagstock am Gürtel. Der stieß an einen Stein, der die Böschung herab mir vor die Füße rollte.

Ich verschloss die Kameratasche und stieg hoch.

Hast du 'ne Arschruhe, Mann, sagte die Bürste.

Einer der anderen nahm mir die Kamera ab.

Hier ist nationales Kampfsportgelände, hier wird nicht spioniert. Und es heißt Heil Hitler.

Der in Leder schmiss die Kamera über seine Schulter. Wie ein Stein traf sie auf die Wasserfläche.

Bist du stumm oder was, sagte die Bürste. Und der im Jogginganzug drehte mir den Pullover auf der Brust zusammen. An der Tümpeloberfläche erschien mit einem Glucksen die Blase der Kameraluft.

Sollten meine letzten Worte ‚Heil Hitler' sein?

Der im Jogginganzug stieß mich gegen den in Leder, und der stieß mich wieder zurück und hielt mir die Pistole unters Kinn.

Der Kleine schrie: Wird's bald!

Der Lederne schlug mir den Handrücken ins Gesicht. Meine Brille flog weg. Der im Jogginganzug trat nach mir. Ich stürzte, griff nach meiner Brille, wollte sie wieder aufsetzen. Da riss sie mir der in Leder weg, drückte sie zusammen und warf sie in den Tümpel.

Hier gibt's nichts mehr zu sehen, sagte die Bürste.

Von rechts und links bekam ich Fußtritte und hörte ein Dröhnen.

Schwein gehabt, du rote Sau, zischte die Bürste und rief laut: Abhauen!

Ich sah sie hinter der Böschung übers Feld rennen und im Wald verschwinden – zwei größere und einen kleineren Mann.

Der Lkw-Fahrer hupte, stoppte hinter mir; ich saß ihm direkt im Weg.

Sie wollen doch nicht überrollt werden, sagte er aus der Fahrerkabine heraus.

Langsam stand ich auf, sah sein Kopfschütteln.

Im Weggehen hörte ich ihn Müll abkippen.

Die Behausung

Ich soll mich ein wenig um Sie kümmern, sagt die junge Frau. Möchte, korrigiert sie sich. Für Sie einkaufen, Kohlen holen, vielleicht etwas waschen.

Sie hatte mehrmals klingeln müssen, ehe sie schlurfende Schritte hörte. Nun steht die alte Frau vor ihr, schwankt hin und her, hält sich an der Wand und am Türrahmen fest, übersieht die Hand, die die junge Frau ihr hinstreckt.

Sie wollen wohl kassieren, fragt sie. Miete? Oder Strom?

Nein, sagt die Junge, zieht die Hand wieder zurück und wiederholt das schon Gesagte in tieferer Tonlage, wie es ihr der Pfarrer geraten hatte.

Ach, das ist nett, ist aber nett, kommen Sie nur erst einmal herein. Ihre Stimme zittert. Sie geht der Jungen unsicher durch einen langen dunklen Flur voraus.

Kommen Sie, ich habe heut wieder so eine herrlich sonnige Stube.

Sie öffnete eine Tür. Graue Vorhänge sind halb zurückgezogen, defekte Rollos hängen schief über die Oberlichter herab; Herbstsonne fällt durch schmutzige Scheiben.

Nehmen Sie doch Platz, sagt sie, und die Junge setzt sich zögernd auf die Kante eines Sessels, über dessen schwarzglänzende Rückenlehne ein gesticktes Deckchen gebreitet ist.

Die Alte hat sich ihr gegenüber auf den Stuhl sinken lassen. Zeitungen, eine Leselupe mit Holzgriff, eine Kunstlederschreibmappe, Kugelschreiber und Bleistiftstummel liegen auf der fleckigen Wachstuchdecke. Eine gebrauchte Tasse steht noch da; auf der Untertasse liegen halbierte eingetrocknete Apfelscheiben. Unterm Tisch sieht die Junge auf dem zerschlissenen Teppich einen Teelöffel liegen. Sie hebt ihn auf, legt ihn neben die Tasse.

Im Sessel sitz ich gar nicht mehr, da komm ich so schlecht wieder hoch, seit ich gestürzt bin, sagt die Alte.

Wann denn das gewesen sei, erkundigt sich die Junge.

Warten Sie … Die Alte stützt den Kopf in die Handfläche und murmelt nach einer Pause: Vor fünf Jahren, vor acht –, und die Junge denkt: Also kann es auch zehn Jahre her sein oder bloß zwei.

Vom Pfarrer weiß sie, dass die Frau dreiundneunzig ist, länger als fünfzig Jahre hier wohnt, dass ihr Mann seit zwanzig Jahren tot ist und der Sohn nicht aus dem Krieg heimgekommen ist.

Der Jungen fällt plötzlich ein: In dreißig Jahren wird ihre Mutter im gleichen Alter sein wie diese Frau und sie selbst in der doppelten Zeit …

Ist doch ein herrlich sonniger Raum, nicht?, hört sie die Alte fragen – und fragt selbst, statt zu antworten: Was brauchen Sie, was soll ich einkaufen?

Ich komm noch gut zurecht, sagt die Alte. Aber wenn Sie so freundlich sein wollen … Warten Sie mal, was brauchen wir denn, ich hab doch heute schon darüber nachgedacht.

Vielleicht Brot, rät die Junge.

Ja, Brot. Die Alte nickt.

Und die Junge fragt ihr nach und nach die Grundnahrungsmittel ab.

Sie steht auf, greift nach ihrem Beutel, den sie neben den Sessel gelegt hat. Während sich die Alte mühsam erhebt, sieht die Junge sich um. Fotografien in goldnen Rähmchen stehen auf der Kredenz, die fast die Länge einer Wand einnimmt, und auf dem Vertiko. Auf Ölbildern an den Wänden sind eine Sennhütte im Sommer abgebildet und ein Postbote im Schneegestöber. Spinnweben hängen in den Ecken, an den Stucksimsen der Decke. Über dem Kachelofen ist die Tapete rußgeschwärzt. Sie fragt sich, wo sie beginnen könnte sauberzumachen.

Im Flur besinnt sich die Alte: Es gibt doch leere Flaschen, die sie der Jungen mitgeben könnte.

Da lernen Sie gleich meine Küche kennen, sagt sie und geht der Jungen voraus bis ans Ende des Flurs, mit einer Hand immer die Wand streifend: Ich brauch mich nicht festzuhalten, nur anhalten muss ich mich, seit ich gestürzt bin und die Augen operiert wurden.

In Höhe ihrer Hüfte zieht sich eine grauschwarze Bahn die Wände entlang, auch im Wohnzimmer rechts und links an der Tür ist die Bahn der Jungen aufgefallen: Als ob sie über Schleifkontakt eine Stromzuführung braucht.

Küchenofen und -tisch sind vollgestellt mit Geschirr, das Reste von Mahlzeiten enthält. Neben dem Gasherd stehen die leeren Flaschen. Bin ich froh, dass die endlich wegkommen, bin ich froh, endlich Platz!, ruft die Alte und klatscht in die Hände.

Wenn sie wüsste, wie klein unsere Küche und unsere ganze Wohnung ist im Vergleich zu dieser, denkt die Junge unwillig.

Auf dem Rückweg durch den Flur öffnet die Alte eine Tür. Das ist unser Schlafzimmer, sagt sie.

Unser, denkt die Junge und betritt unaufgefordert vor der Alten das Zimmer. Eines der Betten ist aufgeschlagen. Die Bettwäsche wirkt ekelerregend auf die Junge, aber sie kann kaum den Blick abwenden. Warum schlafen in solchen Ehebetten die Frauen immer rechts, überlegt sie. Bei allen älteren Ehepaaren, die sie kennt, sind die Schlafplätze so verteilt. Sie denkt an die beiden schmalen Zimmer, die sie mit ihrem Freund bewohnt. Mal schlafen sie in seinem, mal in ihrem, mal getrennt, je nachdem, wie es sich ergibt.

Ich will nicht ins Heim, sagt die Alte. Nur einmal in meinem ganzen Leben bin ich umgezogen. Ich bin gern hier.

Warum wohl gern?, fragt sich die Junge.

Die Straße ist laut und baumlos. Von allen Fenstern sieht man die kriegszerschundenen Fassaden der gegenüberliegenden Häuser, kaum einen Streifen antennendurchkreuzten Himmel.

Ist sicher ungesund, immer am gleichen Fleck zu leben, sagt sie sich später auf der Straße, als sie mit dem Besorgten zurückkommt und vor dem Haus der Alten stehen bleibt. Vom Fußweg aus kann sie in die Stube im tiefer liegenden Erdgeschoss blicken. Da sieht sie auf dem Tisch, auf dem schmutzigen Tuch, die Hände der alten Frau. Unbeweglich. Wie abgetrennt von ihr.

Tot ist sie, denkt die Junge. Sie ist gestorben. Du hast zu spät zu helfen begonnen, umsonst eingekauft.

Während sie weitergeht, verschiebt sich der Bildausschnitt, sie sieht die Alte am Tisch sitzen, regungslos, aber ganz aufrecht. Und auf einmal bewegt sich ihr Kopf.

Die Papageientante

Es war der Höhepunkt des Nachmittags, wenn die Papageientante erschien. Auftauchte aus dem Souterrain des Hauses von gegenüber.

Wer bei unserem Räuber-und-Gendarm-Spiel gerade in der Nähe war, stieß in diesem Moment einen schrillen Pfiff aus, und das Spiel wurde abgebrochen.

Ich rannte dann zu meinem Platz an der Rosenrabatte, die den Plattenweg vom Hauseingang zur Gartenpforte säumte. Auch die anderen vergaßen, ob sie Polizist oder Räuber, böse oder gut waren, schwangen sich über Zäune und Mauern, sprangen von Bäumen, krochen unter Büschen und aus Höhlen hervor. Alle liefen zum Weg, den die Papageientante entlang ging.

Fast täglich zur gleichen Zeit ging sie aus.

Immer wieder waren wir fasziniert von ihrem Anblick, der würdigen Haltung, wie sie, den Blick starr nach vorn gerichtet, langsam und kerzengerade daherschritt – achtgebend, dass der Vogel auf ihrer Schulter nicht die Balance verlor. Wenn das Tier von einem Bein auf das andere trat, ein Stück in die Höhe sprang, zerflockten seine Krallen den Stoff des Lodenmantels, verhedderten sich in den Fäden.

Mich schauderte bei dem Gedanken, dass die Stelle bald so dünn sein würde, dass die Krallen sich in die Haut der alten Frau graben würden.

In rosa Trainingshosen schauten ihre Beine unterm Mantel hervor. Die Füße steckten in Sandalen, als spielten die Jahreszeiten keine Rolle.

Immer war sie gleich gekleidet; stets trug sie den breitkrempigen, mit einer langen Schwanzfeder des Papageien verzierten Hut, darunter hing ihr grauer Zopf, mit einer Schleife endend, bis auf den Rücken herab.

Hatte die Papageientante des Grundstück verlassen, umkreisten wir sie und folgten ihr grölend. Dabei gaben wir acht, dass wir uns ihr nicht dichter als auf Armeslänge näherten; es galt als Mutprobe, ihr überhaupt so nahe zu kommen.

War zu befürchten, dass sie plötzlich einen von uns schlug oder griff und fortschleppte? War der Papagei gefährlich? Sein Kopf ruckte hektisch hin und her, während er den scharf gekrümmten, spitzen Schnabel öffnete und auf uns niederzeterte, unsere unflätigen lästerlichen Wörter wiederholte.

Doch keiner sah ihn je fliegen; er schien sich von seiner Herrin nicht trennen zu können. Trotzdem hielt ich es für möglich, dass er plötzlich auf einen von uns zuflattern und einhacken könnte.

Da war auch der Geruch der Frau, er war abstoßend und gleichzeitig interessant: Sie roch nach altem Laub wie Arznei oder manche Pilze.

So wie sie uns keines Blickes, keiner Geste würdigte, hatte sie auch noch zu keinem von uns ein Wort gesprochen. Um sie einmal reden zu hören, hätten wir ihr in ein Geschäft folgen müssen, befürchteten aber, dass sie sich da über uns beschweren, vor uns Schutz suchen würde und dass wir im Gedränge ihr und dem Vogel zu nahe kämen.

Johlend erwarteten wir sie wieder vor der Tür: Papageientante, Papageientante!

Ihren richtigen Namen wussten wir nicht. Auch meine Eltern nicht, die einmal durchblicken ließen, dass auch sie schon als Kinder mit der Frau ihr Spiel getrieben hatten. Dennoch tadelten sie mein Verhalten, bestraften mich mit Stubenarrest, und eines Abends drohten sie, mich zu ihr hinzuschicken, damit ich mich entschuldige.

Obwohl ich begierig war zu sehen, wie es in ihrer Kellerwohnung aussähe, graute es mir bei der Vorstellung, ihr allein gegenüberstehen zu müssen, zu sprechen mit ihr, die schließlich unsere Feindin, die Hexe der Umgebung war.

Wir drohten uns gegenseitig mit ihrem Erscheinen. Die Papageientante kommt über den Balkon, sagte ich zu meinem Freund Rolf, der, zu Gast bei uns, mit in meinem Zimmer schlief, und er stand ängstlich auf, lief hinaus, kam zurück, sah nach, ob die Tür verschlossen sei.

Ich träumte manchmal von ihrer Wohnung, stellte mir die Küche der bösen Frau, die Zwerg Nase entführt hatte, vor.

Ihre Fenster sah ich nie geöffnet; sie waren blind von Staub, nur spät nachmittags fiel ein wenig Sonnenlicht darauf, und ganz selten schimmerte abends von innen mattes Licht. Graue Decken gegen die Kälte hingen das ganze Jahr über vor den unteren Fensterhälften.

Zweimal sonderte ich mich von der Gefolgschaft der Papageientante ab, um unbeobachtet auf der Wiese vor den Fenstern herumzukriechen und etwas zu erspähen. Später getraute ich mich auch, wenn sie daheim war – in der Dämmerung, weil ich wusste, dass sie mich von drinnen nicht sehen konnte, wenn Licht brannte.

Eine Glühbirne, die von der Decke hing, und manchmal Flämmchen von einer Reihe Kerzen, die oben auf dem Kachelofen standen; ein Stück der Zimmerdecke war davon rußgeschwärzt. Einmal sah ich die Papageientante im Zimmer auf und ab gehen, seltsamerweise im Mantel und mit Hut und dem Vogel auf der Schulter. Und ich glaubte eine Art Bettstelle zu erkennen, Matratzen, direkt auf dem Fußboden.

Kurz vor Weihnachten waren wir wenig im Freien.

Rolf hatte die Idee, der Papageientante einen Christbaum vors Fenster zu stellen. Wir waren neugierig, ob sie überhaupt ein Fenster öffnete.

Am Abend des 22. Dezember steckten Rolf, Ingeborg und ich in die Wiese vor ihren Fenstern eine kleine Fichte mit Kerzen, Sternen und Lametta – sogar Vogelfutter hängten wir in die Spitze. Morgen zur gleichen Zeit würden wir die Kerzen anzünden und uns bemerkbar machen, vielleicht mit einem Lied.

Es kann nur an der Aufregung der letzten Nacht gelegen haben, dass ich den Zeitpunkt verpasste. Als mich der Gedanke an die Papageientante blitzartig traf, lag ich schon im Bett; ich zog mich sofort an und lief zu ihrem Haus.

Unterwegs begegnete ich Rolf und Ingeborg.

Die Vorstellung ist zu Ende, sagte Rolf, du bist zu spät dran.

Weiß ich doch, großer Mist!, sagte ich. Erzählt mal.

Sie hätten die Kerzen angezündet, sich hinter einem Busch versteckt und gemeinsam gesungen, erzählte Ingeborg.

Dann sei ein Fenster aufgegangen, die Papageientante habe herausgeschaut und sei über eine Stufenleiter auf die Wiese zu ihnen gestiegen. An der Stange habe sie in einem silbernen Käfig den Papagei gehalten, die Tür des Käfigs geöffnet und der Vogel sei auf die Spitze des Baums geflogen.

Die Papageientante habe ein weißes Kleid getragen, erzählte Rolf weiter, überhaupt nicht mehr alt und hässlich ausgesehen, und gut gerochen habe sie.

Sie war sehr freundlich zu uns, gab uns die Hand und sagte, dies sei der schönste Tag in ihrem Leben. Sie schenkte uns jedem einen Apfel, mir gab sie diese Kette. Ingeborg zog den Kragen ihres Pullovers nach unten, damit ich die Perlenkette sehen konnte, und Rolf zeigte mir ein blankes Etui, in dem ein winziges Taschenmesser lag.

Die Geschenke, die ich am folgenden Abend von meinen Eltern bekam, waren größer und wertvoller, aber ein schwacher Trost. Am ersten Feiertag lief ich zu ihrem Haus hinüber, um zu sehen, was sich verändert hatte. Die Fenster der Wohnung im Souterrain waren so dunkel und schmutzig wie immer.

Als meine Mutter beiläufig fragte, ob wir schon gehört hätten, dass die Papageientante gestorben sei, glaubte ich es nicht.

Die Schwester

Wegrennen ist bestimmt verkehrt, dachte Kai während er rannte. Aber zum Zug rennen ist nicht verdächtig. Er rannte zum Bahnhof, vorn in die Halle hinein und hinten wieder hinaus. Erst in den dunklen Nebenstraßen blickte er sich um: Niemand schien ihm gefolgt zu sein. Er hörte noch das Splittern der Fensterscheiben und die Schreie.

In der Gaststätte ‚Deutsches Haus' war Kameradschaftsabend. Als Kai Sven begrüßte, taten sie so, als hätten sie sich längere Zeit nicht gesehen.

Im Fernsehen hörten sie die Nachricht: Ein oder mehrere Täter, von denen bisher jede Spur fehle, hätten Brandsätze in zwei Wohnungen geworfen. Elf Vietnamesen lebten dort. Drei Personen mussten schwer verletzt ins Krankenhaus eingeliefert werden. Eine Frau, vermutlich eine Deutsche, sei ums Leben gekommen.

Sauber daneben, sagte einer, und ein anderer: Stümper. Das hätten die mal uns überlassen sollen.

Allein mit Sven auf dem Klo sagte Kai: Ich verschwinde für ein paar Tage, und ich rate dir, auch abzutauchen.

In Svens Augen flackerte es.

Ist was, fragte Kai.

'ne Deutsche ist verbrannt, sagte Sven.

Mach dir nicht ein.

Kai wollte gehen, aber Sven hielt ihn fest.

Was hatte die dort zu schaffen, wer war das?, fragte er.

Weiß ich's. Eine vom Sozialamt oder von der Kirche oder was, antwortete Kai. Ist ja gar nicht raus, ob's 'ne Deutsche war. Und wenn, hat sie Pech gehabt. Vergiss es. Willst du ewig Pimpf bleiben. Reiß dich zusammen!

Kai beschloss, seine Großmutter Walburga zu besuchen.

Ihr Mann war im Krieg gefallen, und sie lebte allein in einer großen Wohnung. Damals, als Kai von zu Hause abgehauen war, hatte sie ihm zwei Zimmer eingerichtet, hatte gehofft, er würde die Schule beenden, vielleicht studieren.

Aber er zog schon nach ein paar Wochen wieder aus.

Wenn sie nun nicht mehr lebte oder nicht mehr dort wohnte…

Kai war lange nicht in dieser Gegend gewesen. Er ging schneller. Noch zwei Häuserecken, oder drei. Die Fenster im dritten Stock waren erleuchtet. Merkwürdigerweise alle.

Im Treppenhaus roch es nach Sojabohnen und Bohnerwachs.

Tag Oma.

Großmutter Walburga stand vor ihm. Sie trug ein langes Leinenkleid, eine Kette aus bunten Kugeln, das Haar zum Zopf geflochten.

Sie musterte Kai von der Glatze bis zur Sohle. Die Springerstiefel trug er heute absichtlich nicht, stattdessen Turnschuhe.

Zurückhaltend aber freundlich sagte sie: Grüß Gott, Kai.

Noch atemlos fragte Kai: Kann ich wieder einziehen?

Walburga zog die Augenbrauen hoch: Komm erst mal rein.

Im Flur nahm er den Geruch von irgendwelchen Gewürzen wahr. Und er hörte Stimmen; es mussten noch Leute in der Wohnung sein.

Walburga sagte: Deine Zimmer bewohne jetzt ich.

Kai erkannte seine Bude nicht wieder. Wo die Poster von Formel-Eins-Wagen und heavy-metal-bands hingen, waren jetzt Landkarten angepinnt.

Du ahnst, dass ich noch Leute aufgenommen habe, sagte Walburga. Tsen Mhi und Ali Namba mit ihren Familien.

Ausländer?!, sagte Kai entsetzt.

Man hört es doch an den Namen … Gleich gibt's Abendessen. Bleibst du? Heute kocht Tsen Mhi. Bei der Familie war ich zwei Monate zu Gast – in Da Nang in Vietnam, zwölftausend Kilometer von hier. Da staunst du. Ich lerne auf meine alten Tage noch die Welt kennen. Zur Familie Ali Nambas nach Mosambik will ich nächstes Jahr.

Wie kommen sie in deine Wohnung!, fragte Kai, obwohl ihm die Umstände egal waren.

Ich arbeite in einer Gruppe mit, wir besuchen Ausländer im Wohnheim und laden sie zu uns ein, antwortete Walburga. Freya übernachtet auch oft dort.

Kai zuckte zusammen und hörte Walburga kaum noch zu.

Nach Anschlägen auf Asylbewerberheime werden die Menschen in andere Unterkünfte umgesiedelt. Wir finden es aber besser, wenn sie bei Deutschen wohnen, möglichst in Familien, und wenn wir auch mal im Asylbewerberheim bei ihnen wohnen. – Was ist denn mit dir, du bist ja ganz blass.

Kai wusste nichts zu sagen. Er starrte auf seine Großmutter, aber sah ihr nicht ins Gesicht, starrte auf die Fenster, hinter denen es Nacht wurde. Er starrte auf die Weltkarten an den Wänden und wieder zur Großmutter hin.

Sie muss doch merken, dass ich deutsch-national bin, dachte er. Sie muss doch von dem Brandanschlag gehört haben. So naiv kann sie doch nicht sein. Sie muss doch wissen, was los ist. Sie tut bloß so … Freya ist auch dabei …

In seinem Kopf verwirrten sich die Gedanken.

Seit dem letzten Streit mit den Eltern hatte er auch mit Freya, seiner älteren Schwester, keinen Kontakt mehr.

Kai wollte aufstehen, war aber wie gelähmt, wie versteinert. Zwei Familien, sagte er monoton, nur um etwas zu sagen.

Ja. Die Vietnamesen sind vier und die Mosambikaner drei. Walburga stand auf, lachend.

Tat sie nur so unbeschwert?

Sie zeigte auf eine grüne Küste.

Xai Xai heißt der Ort am Fluss Limpopo, wo sie leben und ich sie besuchen will. Was glaubst du, wie ich mich schon freue!

Dann folgte sie mit dem Finger ihrer Reise in Vietnam und legte einen Stoß Fotos vor ihn auf den Tisch.

Ich seh mal nach, wie weit das Essen ist, sagte sie und ging hinaus.

Kai rührte die Fotos nicht an. Das erste, obenliegende, zeigte überfüllte Auslegerboote auf einem Fluss.

Jetzt konnte er aufstehen. Er hielt es hier nicht mehr aus.

Im Flur standen ein Mädchen und ein Junge, beide vielleicht acht Jahre alt. Ihre schwarzen Haare glänzten im Licht der Deckenlampe.

Hey!, sagten sie mit hellen Stimmen.

Kai brachte kein Wort über die Lippen.

Er kam an den Kindern nicht vorbei. Mit großen dunklen Augen blickten sie ihn an.

Das Mädchen hielt eine Flasche in der Hand, in die sie immer wieder den kleinen Finger steckte, um eine klebrige Flüssigkeit abzulecken. Der Junge umklammerte einen Holzreifen.

Wie heißt du?, fragte er.

Kai flüsterte seinen Namen nur.

Die Kinder wandten sich ab, verschwanden in einem Zimmer, aus dem dann lautes Lachen ertönte.

Kai riss die Wohnungstür auf. Er rannte die Treppen hinunter und dunkle Straßen entlang.

Orliks Vermächtnis

Orlik wird sie alle gekannt haben: Isabella, Jens Palawer, Rita Kaotus, Jutta, Göttlich oder Markus Amsler.

Hallo miteinander, riefen sie frohgelaunt. Ihnen hier im Studio und zu Hause einen gemütlichen Nachmittag! Danke, dass Sie eingeschaltet haben. Bleiben Sie dran!

Orlik hatte eingeschaltet. Und Orlik blieb dran.

Auch die Monstera, die Agaven und Kakteen blieben dran auf ihre Weise.

Orlik könnte wetten, dass es der Postbotin gelänge, am Geschmack des Briefmarkenleims die Herkunftsländer zu erkennen, dem Skateboarder, im Sprung eine Telefonnummer zu wählen, dem Baggerführer, mit der Baggerschaufel seine Partnerin zu entkleiden. Er könnte bangen ums Überleben der Moschusochsen oder um die Patienten der Dschungelklinik.

Doch er war den Gutgelaunten und ihren Gästen näher. Staunte über Karl, den mit 107 Jahren ältesten Gast, die 99 Piercings an Evas Körper. Konnte es nicht fassen, dass Marion in fünf Stunden mit 50 Männern Sex und Mandy eine Affäre mit ihrem Großvater hatte, dass Gert plante, seinen Kopf einfrieren zu lassen, und Jens sich hundertmal am Tag die Hände wusch. Er weinte vor Rührung mit Nadine und ihrer Mutter, die sich nach 21 Jahren Trennung wiederfanden, trauerte mit Ralf um seine Tochter, die vom Hochhaus gesprungen war.

Wir sehen uns, sagten die Heitergestimmten. Und einer von ihnen eher nachdenklich: Geben Sie gut auf sich acht!

Das war ein Lebensprinzip der Pflanzen. Sie bogen sich, sogen Feuchtigkeit auf und drehten ihre fleischigen Blätter zum Licht, das durch halbgeöffnete Jalousien fiel.

Orlik erlebte vielleicht, wie ihm genau in dem Moment, als er mit einem Becher Kaffee aus der Küche zurückkam, jemand zurief: Schön, dass Sie wieder mit dabei sind!

Er hätte sich darüber nicht gewundert, denn sie sahen ihn.

Er trank den Kaffee, streckte die Beine von sich, schlug sie übereinander. Die Gesichter der Gutgelaunten kamen ganz nah.

Er könnte gedacht haben: Fällt denen nichts auf?

Beim Thema *Ich lass mich scheiden – mit dir ist nichts mehr los* hätte doch jemand von ihnen bemerken müssen, dass Orlik nicht mehr aufstand.

Mein Kind kotzt alles raus – Magersucht. Es musste doch auffallen, dass er bald auch nur noch Haut und Knochen war.

Er mischte sich nicht mehr in den Streit zwischen Dicken und Dünnen ein, gab nicht mehr laut sein Missfallen kund gegenüber dem Sextouristen Ingo oder gegenüber Peter, der Frau und Kinder quälte. Er lachte nicht mehr über die Ähnlichkeit zwischen Elvira und ihrem Hund.

Orlik verstummte.

War das Pflanzenwachstum ein ausreichender Grund für Markus Amslers oder Frau Göttlichs Sorglosigkeit?

Tausendmal wünschten sie ihm einen erfolgreichen Tag, einen schönen Abend, versprachen Atemlosigkeit und Komik zum Totlachen.

Menschen schlugen aufeinander ein, umklammerten sich wollüstig, gingen in Flammen auf, versanken im Schlamm.

Dann erschien Orliks Zimmer auf Orliks Bildschirm.

In unserer Sondersendung von *hautnah dran* zeigen wir Ihnen heute den Mann, der seit Jahren ununterbrochen vor dem Bildschirm sitzt – offenen Auges, wie gebannt.

Die Reporterin Dominique trug hautenge goldgelbe Schutzkleidung. Sie trat neben Orliks Sessel – so, dass die Kamera das Fernsehbild im Hintergrund mit erfasste. Für den Zuschauer erschien die Szene mit Bildschirm auf dem Bildschirm.

Noch ist völlig unklar, wie lange der Mann bereits hier sitzt, sagte die Reporterin. Niemand scheint ihn vermisst zu haben.

Nach einem Schnitt war das Treppenhaus zu sehen. Eine Frau trat aus ihrer Wohnungstür und sagte, dass Orlik den Hausputz schon lange nicht mehr gemacht habe.

Dachten Sie sich nichts dabei, als Sie den Weihnachtsbaum aus Plastik in seinem Fenster sahen, die farbig blinkenden Lichter, sommers wie winters? Sie mussten doch täglich daran vorbei?, fragte Dominique.

Nein, sie habe sich dabei nichts gedacht, antwortete die Frau. Orlik sei ein merkwürdiger Zeitgenosse gewesen.

Ein Mann berichtete, dass die Polizei gerufen wurde, als Würmer und Käfer unter Orliks Tür hervorkrochen; die seien aber von der Katze gekommen, die man gleich am Eingang fand, nach dem Aufbrechen der Tür.

Wieder in Orliks Zimmer, befragte Dominique einen ebenfalls goldgelben Anatomieprofessor, warum die Mumie so gut erhalten geblieben sei.

Er verwies auf das einen Spalt breit offenstehende Fenster nach Norden, die geöffnete Tür zum Flur und die undicht schließende Wohnungstür. Stets habe ein Luftzug für gleichbleibend günstiges Raumklima gesorgt. Anfangs hätte die Sauerstoffabgabe der Pflanzen einen positiven Einfluss auf Orliks äußeres Hautgewebe ausgeübt. Die Verweildauer Orliks vor dem Bildschirm konnte der Professor jedoch nur grob schätzen.

Dominique versprach sensationelle Experimente an Orliks Gehirn – nach dem nächsten Werbeblock.

Zu Bildern von Lenin und Ötzi erklärte Dominique, die Experimente seien bisher nur an den Gehirnen des Revolutionärs und des Gletschermannes durchgeführt worden.

Auf ihre Frage, wie man sich die Versuche vorstellen müsse, antwortete ein Bioelektroniker: Die Hirnregion, die als Substanzträger visueller Sinneseindrücke gilt, wird entnommen und in speziellen Lösungen reaktiviert. Sonden erfassen Impulse und leiten sie zum Rechner, der sie auswertet. So stehen der Weltöffentlichkeit Momentaufnahmen aus dem Leben Ötzis und Lenins zur Verfügung – erkennbare Bilder ihrer eigenen Augen.

Und sie werden erstmals hier im Deutschen Fernsehen gezeigt, fügte Dominique stolz hinzu. Im Falle Orliks werden es Fernsehbilder sein, die bereits durch Auge und Hirn eines Menschen gegangen sind.

Wir werden Gewissheit darüber erlangen, unter welchen Programmen Orlik auswählte, wie oft er sie wechselte, bis er sich für unseres entschied, wann er aufhörte es wahrzunehmen und welche Sendung zu diesem Zeitpunkt lief.

Erstmals wird es Wiederholungen von Fernsehbildern direkt aus dem Gehirn eines toten Zuschauers geben.

So trägt Orlik noch im Tod zur Erhöhung der Einschaltquote bei.

Bei diesen Worten legte Dominique ihre Hand im goldgelben Gummihandschuh fast zärtlich auf Orliks Haupt.

Das Heim

In der ersten Nacht, im Hotel *Seestern,* misstraute Stephan der Erinnerung. War er spät am Abend wirklich noch losgefahren und hatte durch den Wald und um den halben See herum den Weg zum Heim gefunden? Hatte er es schon wiedergesehen oder sah er im Unterbewusstsein nur alte Bilder davon?

Am nächsten Tag jedenfalls war ihm die Gegend vertraut: die Wiesen rechts und links der Zufahrtsstraße, das offene Tor mit zugewucherten Flügeln, Steinkugeln auf den Pfosten, die Tafel *Hospiz zur Kuhle,* der Wegweiser *Zu den Hirschwiesen.* Links die Treppe zum Eingang, aus deren Spalten Birken wuchsen und auf deren Stufen ein Teppich aus Moos und Kiefernnadeln lag. Rechts Reste des Fundaments vom Gartenhaus. Hier hatte die Familie im August 1961 gewohnt und im Sommer zuvor im Haupthaus. Vor 42 und 43 Jahren.

Alles kam ihm wesentlich kleiner vor als mit zehn oder neun Jahren. Nur die Bäume waren gewachsen. Er sog tief den Duft der Kiefern ein.

Sie durften nach dem Abendspaziergang noch aufbleiben, länger als sonst; allerdings nicht so lange, wie sie gern aufgeblieben wären. Obwohl die Mutter zu Beginn des Urlaubs immer sagte, drei Wochen lang könne jetzt jeder machen, was er wolle, gab es auch hier Grenzen und Aufgaben. Die Familie sollte pünktlich zu den Mahlzeiten und Andachten erscheinen, Stephan und sein jüngerer Bruder Tilman mussten morgens eine der armeegrünen Luftmatratzen oder eine Tasche mit Badetüchern und Proviant zum See tragen.

Am Strand gab es einen Brunnen mit angeketteten Metallbechern – Wasser von einer Köstlichkeit, wie er seitdem nie wieder irgendwo welches getrunken hatte.

Das musste der Weg sein. Doch er erkannte ihn ebenso wenig wieder, wie den fast überfüllten Strand. *Betreten zwei Euro.* Ein Bootssteg lag auseinandergefallen zur Hälfte im See. Der Brunnen war nicht mehr da.

Hier hatte er schwimmen gelernt, seine Abneigung vor Badeanstalten verloren. Hier wäre Tilman fast ertrunken, weil er dem Boot, in dem der Vater und Stephan saßen, nachlief – bis ihm das Wasser am Hals stand, an die Unterlippe reichte und er aufhörte zu rufen und im letzten Augenblick ins Boot gezogen wurde. Hier bekam die Mutter den Schwächeanfall, weil sie Tilman plötzlich nicht mehr sah oder der Hitze wegen.

Wieder war es heiß und trocken, wochenlang. Auf der Titelseite der bunten Zeitung stand eine bedrohlich große schwarze 40, die bisherige Höchsttemperatur im *Jahrhundertsommer.* Und ein Jahr nach der *Jahrtausendflut* sah er die Bilder aus Dresden, Grimma oder Wesenstein wieder: Häuser bis zum Dach im Wasser.

Niemand begegnete ihm in der Eichenallee, als er sein Gepäck holte. Er kroch durch Gestrüpp zum Eingang. *Hospizgäste bitte hier klingeln.* Das Türschloss ließ sich mit dem Dietrich öffnen.

Muffige Luft wehte ihn aus dem Flur an, der vollgestellt war mit spinnwebenüberzogenen Rasenmähern, Liegestühlen, Kisten, Drahtrollen.

Im Speisesaal lag, aus dem Rahmen gerissen, mit zerschlagenen Scheiben, die breite Schiebetür. An einer Wand türmten sich Tische und Stühle. Vor einem großen Schrank bedeckte zertrümmertes Geschirr das Parkett. Dazwischen der Gong. In der Ecke neben der Tür fand er auch den Schlägel und schlug den Gong. Es staubte aus dem Lederknauf, was den Klang von damals veränderte – geringfügig wie die Unordnung im Saal.

Dreimal drei Gongschläge: Mittagessen, aber niemand kam. Beim letzten Ton riss die Schnur, das Becken fiel scheppernd zu Boden.

Die Sonne schien durch die verdreckten Fenster der Veranda, wo die Morgenandacht gehalten wurde, wenn es regnete. Leere Bierdosen und Zigarettenkippen lagen herum. *Diana du Schlampe!* war an die Tapete gesprüht.

Bei schönem Wetter war draußen Andacht. – Die güldne Sonne voll Freude und Wonne, Morgenglanz der Ewigkeit. – Auf der Terrasse wuchs Gras zwischen den Fliesen, das Geländer und die Pergola fehlten.

Die Tür zur Bibliothek war mit dem Schriftzug *Fernseh-Zimmer* versehen. Im ‚Lese-Erker' hatten Urlauber an kleinen runden Tischen gesessen oder an Regalen gestanden, sich lächelnd zugenickt, stumm, gewarnt vom Schild *Bitte Ruhe!* Der Raum war leer bis auf zwei Fahrräder, die mit platten Reifen an der Wand lehnten.

Stephan trug sein Gepäck zum Zimmer, in dem er und Tilman geschlafen hatten: zweiter Stock, neben dem der Eltern, Dachschräge, Blick auf die Hirschwiesen. Der Raum war leer, einigermaßen sauber. Hier wollte er übernachten. Er machte die Fenster auf.

Der halbrunde, von Büschen umrahmte Platz war die Bühne für das Märchen vom Schweinehirten. Stephan sprach frei ohne zu stottern, bekam Applaus. Dann stießen sie alle mit ihm auf die Premiere an und darauf, dass er schwimmen konnte.

Sein Sprachfehler brauchte die Eltern nicht mehr zu beunruhigen. Aber weiterhin beschäftigte sie es, dass Stephan vorm Einschlafen singend den Kopf auf dem Kissen hin und her rollte. Auch sein Onkel erregte auf diese Weise Aufmerksamkeit als Kind: Nun lasst die Fahnen fliegen in das große Morgenrot, das uns zu neuen Siegen leuchtet oder brennt zum Tod. – Stephan hätte gesungen: Dem Morgenrot entgegen, ihr Kampfgenossen all, bald siegt ihr allerwegen, bald weicht der Feinde Wall…, doch wäre das bestimmt nicht gut angekommen im Park, zu dem die Fenster offenstanden. So sang er: Die Heimat hat sich schön gemacht und Tau blitzt ihr im Haar… oder Die Liebe ist ein seltsames Spiel, sie kommt und geht von einem zum andern. – Der Onkel soll so sehr den Kopf und den ganzen Körper hin und her geworfen haben, dass sein Bett schwankte, gegen die Wand stieß und eines Nachts zusammenbrach. –

Die Eltern zogen einen Heilpraktiker ins Vertrauen, der durchs Gartenhausfenster ins Zimmer spähte, um sich von der obskuren Anomalie zu überzeugen. Ehe sich jedoch sein Auge ans Dunkel gewöhnte, hatten ihn Stephan und Tilman längst gesehen und sich schlafend gestellt.

Sie redeten in der Dunkelheit über die Gefährlichkeiten des Tages, den störrisch ausschlagenden Esel, den baufälligen Kriegsbunker und die Jauchengrube, deren Deckel abzuheben streng verboten war. Trotzdem taten sie es – zur Mittagsruhe, wenn die Parkwege leer waren, die Hospizgäste im Liegestuhl dösten. Gleich stank es bestialisch, und es bereitete grausiges Vergnügen, in die schwarze Tiefe des

Kessels zu starren, mit zugehaltener Nase. Wer hineinfiele, wäre verloren, schwimmen helfe nichts, hatte der Vater gesagt – an der Oberfläche der Jauche entstünden giftige Gase, und der Sumpf zöge einen unweigerlich hinab. Und es war ein Wunder: Bei schönem Wetter sahen sie in der Tiefe den blauen Himmel, Wolken, Baumwipfel und sich selbst hinabblicken, also hinaufschauen. Es tat gut, im Bett daran zu denken, sich vorzustellen, nur mit einer Hand am Steinrand der Grube zu hängen oder gar schon hinabgefallen zu sein. Vom Eisenhans zu träumen, der im Sumpf hauste, während ein neuer Ferientag bevorstand.

Warum fühlte er sich bedrückt. Gab es einen vergessenen, nachträglichen, nachgetragenen, wieder aufkeimenden Kummer. Welche Geschichten fielen ihm noch ein, in diesem Gelände mit den unterschiedlich hohen Ebenen, den Treppchen und krummen Wegen?

Die Wirtin vom *Seestern* schien sich zu wundern, dass Stephan bei ihr zu Abend aß, obwohl er schon vormittags sein Zimmer bezahlt hatte.

Er hörte am Nachbartisch eine Frau von einer Safari erzählen, wo sie Elefanten-, Giraffen-, Tiger- oder Löwenbeobachtung hätte wählen können. Die Tiere, die zu unterschiedlicher Zeit zur Tränke gehen, seien auf den Tasten des Weckers im Hotel abgebildet gewesen.

Wieder in seinem Zimmer öffnete er das Fenster, sah im Schein des Vollmonds mitten auf der Wiese ein Rudel Hirsche. Damals hatten sie auch manchmal von diesem Fenster aus welche beobachtet, und er hatte glaubt, Hirsche seien die Männer der Rehe. – In der wievielten Generation traten die jetzt hier auf?

Er legte die Matte auf den Fußboden. Es war wie in den philippinischen Dörfern, wo er auf dem Fußboden geschlafen hatte. Auch jetzt wehte ein tropischer Wind, ein warmer Wind vom See.

Der Kasten Mineralwasser diente als Tisch. Das kleine Fernsehgerät meldete höchste Waldbrandgefahr, Hitze und Trockenheit für ganz Europa. In Portugal verbrennt Wald von der doppelten Fläche Berlins. Eine Frau auf einem Balkon, im Hintergrund Flammen; doch sie will ihr Haus nicht verlassen.

Wenn Häuser Seelen haben, war diese Seele verletzt durch zugewachsne Türen, eingeschlagne Fenster, beschmierte Wände und Unrat im Erdgeschoss?

Er hörte Schritte im Flur.

Frau Seiler, die Leiterin vom Hospiz, damals schon eine ältere Dame, würde ihn morgen früh nicht mit Chorälen wecken, die sie zusammen mit den Köchinnen sang – erst auf den Etagen des Heims, dann vorm Gartenhaus. All Morgen ist ganz frisch und neu.

Wenn die Eltern noch schliefen, machten sie Mutproben: zum Beispiel im Schlafanzug ums Haus rennen, ohne gesehen zu werden. Einmal kam Stephan gerade um die Ecke, als die Damen sich zum Chor formierten, doch sie kümmerten sich überhaupt nicht um ihn.

Das niedrige Gebäude des ehemaligen Kolonialwarenladens war weiß gestrichen, mit *Welt des Sportes* beschildert. Die Besitzerin verkaufte Bälle, Taucheranzüge, Surfbretter; sie erinnerte sich an Emma Röver, Tante Emma also, die Brot, Milch, Käse, Bonbons, Schnaps, Fisch und Seife verkaufte. Bis zum späten Abend war geöffnet, und sie konnte in dringenden Fällen auch nach Ladenschluss rausgeklingelt werden.

In einem Jahr ließ wochenlang die Qualität ihres Bieres zu wünschen übrig; immer wieder fanden Kunden, auch Feriengäste der *Kuhle*, es sei zu dünn und nicht ausreichend schaumbildend – bis herauskam, dass ihr Mann heimlich davon getrunken und nach Auffüllen mit Wasser die Porzellanbügelflaschen wieder korrekt verschlossen hatte.

Die Weltsportverkäuferin erinnerte sich auch an Susi aus der Hospizküche; Stephan war in sie verliebt gewesen und hatte von ihr ein Bild erhalten, das er in seinem kleinen grünen Koffer aufbewahrte. Es zeigte sie zur Schulabschlussfeier in dunklem Faltenrock und weißer Bluse und mit Blumenstrauß.

Wegen des Altersunterschiedes hatte er keine Chance bei ihr – im Gegensatz zu Volker, dem Sohn des Heilpraktikers. Der fragte Susanne am Strand nach ihrer Kuhle, und als er ihr zwischen die Beine greifen wollte, rannte sie kreischend weg, floh vor ihm – doch, wie Stephan verwirrt bemerkte, zu langsam, absichtlich nicht schnell genug, um von Volker eingeholt werden zu können, der sie auch fing, sie festhielt, indem er ihre Brüste umfasste. Als er sie losließ, bekamen die Brüste wieder ihre ursprüngliche Form; Stephan hatte vermutet, sie würden von den Fingern Dellen behalten.

Hinterm Heim begann Wald, der Tilman und Stephan undurchdringlich und unendlich erschien. Reste vom Stacheldrahtzaun eines Lagers für gefangene französische Soldaten hingen an den Kiefernstämmen. Heute sah Stephan lediglich an den Borken noch Einschnürungen und Kerben, die mit gewachsen waren.

An Tagen, wo sie nicht zum Strand gingen, drangen sie in diesen Wald ein, so weit, dass sie den Rückweg bis zum Mittag- oder Abendessen gerade noch schafften.

Einmal, in Gestrüpp und Farn, hörte Stephan seine Schritte plötzlich dumpfer klingen. Als er den Boden untersuchte, Moos und Sand wegnahm, kamen Birkenstämme zum Vorschein und eine Klappe, die er anhob. Sie beugten sich über einen dunklen Raum. Da sprang Tilman auf, lief schreiend weg, Stephan ihm nach, er wusste nicht, was war.

Tilman schrie, bis sie am Hospiz ankamen, wo er sich ins Gras warf. Die Eltern brauchten lange, um ihn zu beruhigen, es aus ihm heraus zu bekommen: Er habe eine Leiche gesehen. Stephan hatte gleichzeitig, wenn auch in anderem Winkel, in die Höhle geschaut aber keine Leiche gesehen. Er musste sich besinnen, was er überhaupt gesehen hatte: Tisch und Stuhl, aus Birkenholz grob gezimmert, und auf dem Stuhl Kleidung, die Tilman wohl als Toten ansah... Oder hatte Stephan nicht richtig hingesehen. Bei Tisch war es Gesprächsthema, und als Stephan am nächsten Tag die Höhle aufsuchen wollte, fand er sie nicht wieder.

Würde er sie heute finden?

Ging es ihm schon wie seinem Großvater, der, nach seinen Zeitreisezielen befragt, antwortete: In der Jugend hätten ihn besonders Aufenthalte in vergangenen oder kommenden Jahrhunderten gereizt – jetzt ziehe es ihn an die Plätze der Kindheit. Zu gern würde er einmal einen Tag, ein paar Stunden, sich und seine Familie beobachten.

Im Abendlicht leuchten die Kiefernstämme rotbraun. Hinter einem versteckte er sich.

Denn da kommen sie, kommen ziemlich schnell den Waldweg entlang, lachen laut, reden durcheinander. Er, Stephan, führt altklug das Wort, weist Tilman auf irgendetwas hin.

Jeder trägt eine aufgeblasene Luftmatratze. Tilman trägt sie auf dem Kopf, Stephan eingeknickt unterm Arm, die Hand in der Hosentasche. Die Eltern sind mit Taschen und Beuteln behängt.

Der Vater war fast in seinem Alter, die Mutter etwas jünger; die Jungen könnten seine Söhne sein.

Scheute er sich davor, von ihnen erkannt zu werden – sah er doch Eltern und Kindern unverkennbar ähnlich. – Soll ich ihnen, uns, nachgehen?, dachte er und nahm einen anderen Weg zum Gartenhaus.

Die Mutter hängt Badesachen zum Trocknen auf die Leine. Der Vater geht zum Auto, dem hellblauen Moskwitsch, öffnet die Tür, setzt sich ans Lenkrad, dreht am Radio: Kalkutta liegt am Ganges, Paris liegt an der Seine und dass ich so verliebt bin, das liegt an Madeleine. – Tilman kommt. Hast du dir die Hände gewaschen?, fragt die Mutter. Kopfschütteln; er wird zurückgeschickt. Die Musik verstummt. Zeitzeichen. Beim letzten Ton …, sagt der Sprecher. – Stephan sah auf die Armbanduhr: gleich sechs. – Vom Sender Freies Berlin hören Sie Nachrichten. – Er stand an der Treppe hinterm Schaukasten. *8.30 Uhr Frühstück, Morgenandacht, 13 Uhr Mittagessen, 18.30 Abendbrot, Tagesausklang … Bibliothek … Seerundfahrt … Freitag, Bunter Abend … Notrufe … Wochenspruch: Herr, ich habe lieb die Stätte deines Hauses und den Ort, da deine Ehre wohnt.*

– Jetzt gehe ich zum Auto, sagte er gegen die Glasscheibe, als kommentierte er die zuckenden Bilder der alten Achtmillimeterfilme des Vaters. – Weitere Befestigung der innerdeutschen Grenze. Stacheldraht. Kennedy. Eisenhower (Er stellte sich den Mann vor, der auf Eisen haut.) ... der Wetterbericht ... Tilman ist wieder da, springt an ein vom Baum hängendes Seil, schwingt hin und her. Zeig deine Hände, sagt die Mutter. Geht grad so. Stephan, gieß noch die Sonnenblumen.

Er trat hervor. Da sehen Vater und Mutter plötzlich zu ihm hin. Vielleicht ist seine Anwesenheit nichts Besonderes für sie. Ein neuer Gast – gleich wird er uns vorgestellt, werden sie denken.

Dreimal ertönt der Gong, den er heute Vormittag als Andenken im Kofferraum verstaute.

Die Urlauber, meistens Familien, kommen aus allen Richtungen.

Er steht an der weit geöffneten Terrassentür. Geschirr klappert. Es riecht nach frischem Brot, das, in Scheiben geschnitten, in Körben liegt, nach Wurst, Käse, Tee in Blechkannen. Alles wird im Handaufzug aus der Küche heraufbefördert. Es riecht nach den Gesangbüchern, ohne Lied beginnt keine Mahlzeit. Er gibet Speise reichlich und überall, nach Vaters Weise sättigt er allzumal. – Sollte er teilnehmen? Doch sein Name ist ja vergeben, er ist nicht eingeplant, gehört nicht dazu.

Das ist der Grund der Trauer, dachte er. Mit dem Schmerz endgültigen Ausgeschlossenseins müsste er leben, wenn er nicht wieder in seine Zeit zurückkam.

Der Großvater, der die Idee der Zeitreise verwarf, stellte sich lieber vor, die Gegenwart sei die Vergangenheit, auf die er neugierig war und sagte sich: das was ich jetzt erlebe, liegt weit zurück. So hielt er sich mit geschärfter Aufmerksamkeit in der Gegenwart und baldigen Vergangenheit auf.

Stephan verließ mit seinem Gepäck das Haus. Am Tor stand ein orangefarben gekleideter Mann mit einem Signalhorn in der Hand. Was suchen Sie denn hier, fragte er. Wir sprengen! Sehen Sie zu, dass Sie Boden gewinnen.

Im Auto hörte er es donnern. Das Gewitter würde endlich Regen bringen.

Tatjanas Zimmer

Um fünf Uhr morgens, ungewohnt früh, erwachte Heinrich mit einem Schreck. Sein Herz schlug hör- und spürbar gegen die Rippenbögen. Kalter Schweiß stand ihm auf der Stirn.

Kein Albtraum hatte ihn geplagt, aber ihm kam jetzt erst richtig zum Bewusstsein, dass er in Tatjanas Bett lag.

Sie war gestern Mittag abgereist, und am Abend hatte ihm Claudia, die Direktorin des Künstlerhauses, Tatjanas Zimmer angeboten.

Heinrich hatte sich gefreut, denn der Raum war gemütlicher und ruhiger als sein Zimmer, dessen Fenster zur Straße hinausgingen.

Nun würde er, am Schreibtisch sitzend, in den Garten, auf den See und die Berge am jenseitigen Ufer sehen können.

Tatjanas Duft hing noch im Raum, und auf dem Tisch, neben einem Feldblumenstrauß, lagen Fotos für ihn und ein Zettel mit einem Gruß, halb englisch, halb deutsch.

Heinrich hatte seine Sachen in die Schränke geräumt, das Bett bezogen, Bücher ins Regal gestellt, Stifte und Papier auf den Schreibtisch gelegt, sich Kaffee gekocht und die Bilder genauer betrachtet.

Rudel wilder Hunde und Katzen. Alte Frauen am Rande eines verlassenen Dorfes. Zugewucherte Haustüren und Fenster. Holunder- und Fliederbüsche, denen nicht anzusehen ist, dass sie ohne Duft blühen. Soldaten, die Bäume waschen, Bäume vergraben, Wiesen vergraben, Brunnen, ganze Häuser, Waldstücke, Erde beerdigen. Der Friedhof und das Schild *Zutritt verboten*.

Tatjana hatte mit Schulkindern geredet, die sich vor dem Neuen in der Klasse, der aus der „Zone" kam, fürchteten, ihn Leuchtkäfer nannten; mit dem Vater des elfjährigen Mädchens, das sich erhängt hatte; mit der Frau, die trotz ärztlichen Verbots mit ihrem verunstalteten Mann schlief; mit Feuerwehrleuten, die den Reaktor zu löschen versuchten.

Sie war jahrelang durch verstrahltes Gebiet gefahren, verstrahlte Wege gegangen.

Heinrich stand auf, warf sein Bettzeug über einen Sessel. Wenigstens die Matratze wollte er austauschen. Er hob sie aus dem Bettgestell. Sie war unhandlich und schwer.

Er spähte auf den stillen dunklen Flur hinaus. Jetzt durfte er nicht mehr länger zögern. Bald würde Mitko, der bosnische Drehbuchautor, joggen und Inken, die dänische Kamerafrau, schwimmen gehen.

Er schob die Matratze aus dem Raum und schloss die Tür hinter sich.

Als er noch keine fünf Meter weit gekommen war, ging Licht an. Inken trat aus dem Zimmer des polnischen Regisseurs Leszek, überquerte den Flur, ging schräg ein paar Schritte in Heinrichs Richtung und verschwand hinter ihrer Tür.

Er fragte sich, ob sie ihn erkannt haben könnte und was sie sich denken würde. Unbehelligt trug er die Matratze in sein altes Zimmer. Der gelbliche Schein der Straßenlaternen beleuchtete es. Mehr Licht brauchte er nicht.

Wie ein Dieb hantiere ich, dachte er beim Austauschen der Matratzen.

Sollte ihn auf dem Rückweg jemand treffen und ihn verwundert ansprechen, würde er antworten, an seine alte Matratze zu sehr gewöhnt zu sein, um auf sie verzichten zu können.

Als er wieder im Bett lag, entspannte er sich etwas. Eine Stimme in ihm sagte: Du bist völlig hysterisch geworden. Eine andere: Du musst das Zimmer verlassen, natürlich ist nicht nur die Matratze verstrahlt, sondern auch der Sessel, die Teppiche, alles. Stimmte das, war die Radioaktivität längst auf ihn übergegangen und er brauchte sich um nichts mehr zu kümmern. Doch übertrug sie sich allmählich, war keine Zeit zu verlieren und er konnte das Schlimmste vielleicht verhindern.

Trotzdem blieb er liegen und hörte sich die erste Stimme

an: Vielleicht würde ein Geigerzähler Klarheit schaffen. Aber beide Stimmen mussten zugeben, dass hier keiner verfügbar war. Dass Heinrich von atomarer Strahlung so gut wie nichts verstand, im Zweifelsfall also das Zimmer zu wechseln wäre.

Einer seiner Schulfreunde besaß einen Geigerzähler, der knackte, wenn er damit Uhren mit Leuchtziffern berührte. In einem Sommer knackte er besonders heftig. Das sind die Atombombenversuche der Russen und Chinesen, hatte der Freund gesagt.

Aus dem Nachbarzimmer war vor drei Tagen der belgische Dichter Paul ausgezogen. Der Raum war enger und roch nach kaltem Zigarettenrauch.

Während Heinrich seine Sachen hinüberräumte, meldete sich in Pauls Zimmer die erste Stimme: Bleib drüben, es sind Hirngespinste. Und in Tatjanas Zimmer wollte die zweite Stimme wissen, Claudia habe den Raum absichtlich ihm zugewiesen: dem älteren Mann, der bestimmt keine Kinder mehr zeugen wollte.

Wieder nebenan sagte er sich, das sei völlig absurd, er mache sich vor sich selbst lächerlich und werde wohl langsam wahnsinnig.

Er schämte sich, über Tatjana wie von einer Aussätzigen zu denken – sie wie eine Aussätzige zu behandeln. Denn konnte er sicher sein, dass sie davon nichts spürte?

Weil bestimmt niemand bemerkt hatte, wie er Tatjanas Zimmer bezog und ihn auch niemand wieder ausziehen sah, konnte er glaubhaft versichern, Pauls mit Tatjanas Zimmer verwechselt zu haben.

Beim Frühstück würde Claudia ihn fragen, wie er sich im neuen Raum eingelebt habe. Gut, antwortete er dann. Nur vermisse er die Fotos, die Tatjana ihm dalassen wollte.

Alles war erledigt. Mit dem Zigarettenrauchgeruch lüftete er die beiden Stimmen aus dem Fenster. Vom Flur her hörte er die morgendlichen Geräusche.

Ein letztes Mal überzeugte er sich davon, keine Spuren in Tatjanas Zimmer hinterlassen zu haben.

Die Feldblumen darin blühten noch auffallend intensiv, doch ohne Duft.

Unterkunft

Es sei noch ein dringendes Problem zu lösen, bevor der Gottesdienst beginnen könne, sagte der Pfarrer.

Die Wohnung von Frau Klinger und Herrn Stern sei ausgebrannt. Gestern. Ausgerechnet am Heiligen Abend. Die Nacht habe das Paar bei den Nachbarn verbringen können, doch die verreisten heute und wollten ihnen die Wohnung nicht überlassen. Beide seien kürzlich erst zugezogen, noch fremd in der Gemeinde.

Frau Klinger ist übrigens hochschwanger, sagte der Pfarrer.

Es war still in der Kirche. Leise versuchte der Küster, einen Defekt an der elektrischen Christbaumbeleuchtung zu beheben.

Hätte jemand von ihnen die Möglichkeit, das Paar aufzunehmen? erkundigte sich der Pfarrer.

Kennen Sie die Leute?, fragte eine Frau ihre Banknachbarin.

Unverheiratet, aber schwanger, flüsterte die zurück.

Wenn man die Leute kennen würde… das wäre etwas anderes, raunte die erste wieder.

Im Gemeindehaus ist doch ein Raum frei, rief ein Mann.

Herzogs hätten Platz, meldete sich ein anderer. Allein in einer Vier-Zimmer-Wohnung …

Er blickte sich suchend um, konnte jedoch Herzogs nicht entdecken.

Jemand, der wohl nicht laut vor den Versammelten reden wollte, ging nach vorn.

Er habe eine Laube im Garten, sagte er zum Pfarrer. Ob er die allerdings jetzt warm bekäme, dafür könne er seine Hand nicht ins Feuer legen.

Eine Laube ist gefunden worden für unsere Obdachlosen, verkündete der Pfarrer.

In diesem Moment funktionierte die Christbaumbeleuchtung wieder.

Frauke Klinger und Wigbert Stern traten von der Seite herzu. Der Pfarrer machte sie mit dem Laubenbesitzer bekannt.

Das Paar war sonderbar gekleidet: Sie schlicht in farbige Tücher gehüllt. Er trug sackartige Hosen und einen kurzen Leinenkittel.

Wie manche Leute sich heutzutage anscheußeln, mochten jene Gottesdienstbesucher denken, die noch nicht wussten, was hier gespielt wurde.

Sie merkten es bald.

Fünf verwildert aussehende junge Burschen traten auf und fragten nach dem Weg zur Laube.

Und drei dunkelhäutige, elegante, geschmückte Männer kündigten dem Paar ihren Besuch für den sechsten Januar an.

Bis dahin würde Fraukes und Wigberts Kind zur Welt gekommen sein.

Späte Annäherung

Der Weg führt an einer Mauer entlang durch Niemandsland. Er ist nicht im Stadtplan verzeichnet; vielleicht wegen des Naturschutzgebietes, vielleicht, weil sich niemand Unbefugtes der Garnison nähern soll.

Es wird immer schlammiger, ich muss ins Gras ausweichen. Ein Fasan flieht durchs Gebüsch.

Ich steige auf alte Kisten, die an einer Stelle der weißgetünchten Mauer aufgetürmt sind, und blicke hinüber auf graue Baracken und Garagen, grüne Lastwagen, Exerzierplätze, Kasernen, Wohnhäuser.

Kein Mensch ist zu sehen. Krähen fliegen in Scharen auf und sammeln sich in kahlen Baumkronen.

Drei Jahre ist Deutschland wieder vereint und hier ist immer noch eine Grenze. Eine bewachte Grenze, denn es hatte Feindseligkeiten zwischen Deutschen und Russen gegeben.

Irgendwo bellen Hunde. Ich gehe weiter, vorbei an Betonteilen, ausgebrannten gepanzerten Fahrzeugen, Kanistern, Stacheldrahtrollen. Briefe liegen verstreut, Postkarten: Dorogoi Igor, Dorogie Towaritschi …

Sowjetischer Müll, ostdeutscher und westdeutscher: Trabbiwracks, Kartons voller Werbezettel für den Weihnachtsmarkt, Uniformjacken, Matratzen, Farbbüchsen, Tonbandspulen, Akkus, ein Schweinskopf.

Neben einem schief in den Angeln hängenden, mit einer Kette verschlossenen Tor stehen zwei Soldaten. Sie halten Gewehre in den Händen, und vor der Brust baumeln ihnen Dolche.

Straßtwuide. Sie grüßen zurück. Ich lächle verlegen, weil ich nichts zu sagen weiß, trotz langen Russischunterrichts.

Wie hieß gleich das russische Neujahrsfest?

Die beiden Posten lächeln auch.

Auf einmal sind Sprachkenntnisse parat, aus dem ersten Lehrbuch Russki jasyk: Wie heißt du, wo wohnst du, wie alt bist du, das Wetter ist schlecht.

Wasja fragt, ob ich was zu rauchen hätte. Net.

Alexander sagt, dass sie lange hier stehen.

Wir verabreden uns für zwei Stunden später.

Auf dem Heimweg fallen mir Russischstunden ein, Lehrerinnen und Lehrer mit unterschiedlicher Aussprache, unbegreifliche Deklinationen, gehasste Lektionen: Leninmausoleum, Allunionsausstellung, eto traktor, eto awtomaschina.

Noch einmal von vorn beginnen können: verstehendes Hören. Schüleraustausch zwischen Kaliningrad und Dresden.

Im Halbmondlicht ist der Weg zu Wasja und Alexander gefährlich. Es gibt offene Kanalschächte und Gullys, Drahtschlingen und den Schweinskopf, über den ich nicht stolpern möchte.

Außer dem Päckchen mit Schokolade und Zigaretten hätte ich eine Taschenlampe mitnehmen sollen.

Dafür bin ich heller im Kopf als vorher: Kurze Nachhilfe einer Freundin, deren Russischunterricht noch nicht so lange zurückliegt. Roschdestwo heißt Weihnachten, von roschdenie, Geburt, was natürlich in meinem Wörterbuch von früher nicht steht.

Niemand wacht mehr neben dem Tor.

Ich rufe. Und mit einem Stein schlage ich gegen das Eisen. Es dröhnt laut in der Stille.

Durch einen Spalt sehe ich, wie zwei Soldaten mit geschultertem Gewehr über den Hof kommen.

Wasja, rufe ich, und mir wird mit meinem Namen geantwortet, wie bei einer Verschwörung. Sie öffnen das Tor. Ich übergebe das Päckchen, sage Roschdestwo und Present. Sie nicken lachend. Wasja stößt Alexander an, und der greift in seine Brusttasche und holt ein Abzeichen heraus. Goldenes Eichenlaub umkränzt den roten Sowjetstern mit Hammer und Sichel.

Ich bedanke mich herzlich für die Gabe, ohne recht zu wissen, wie sie gemeint ist.

Die Freundschaft zur Sowjetunion ist nicht mehr „Richtschnur unseres Lebens“. Ostdeutschland gehört zu Westdeutschland.

Aber Wasja und Alexander wissen noch nicht, wann sie nach Hause auf die Krim zurück können. Und morgen ist Weihnachten.

Auf meinem morastigen Heimweg spüre ich in der Manteltasche den Stern.

Käfer sein

Der Wachtposten schlägt mit dem Schlüsselbund gegen die Tür. Aufstehn! Voller Kübel raus, leerer Kübel rein!

Die Luke klappt auf. Frühstückfassen! Auf dem Plasteteller zwei Scheiben Brot, ein Klecks Marmelade. Kaffeeersatz im Becher. Mit dem Alulöffelstiel die Marmelade auf dem Brot verteilen.

So beginnt Gregors Tag.

Und wenn er nicht zur Vernehmung muss, geschieht nichts bis zum Mittag. Essen fassen! Klappe auf. Die immer ähnliche dünne Suppe, der Kanten Brot. Klappe zu.

Nichts zu tun. Keine Leserlaubnis. Keine Schreiberlaubnis. Keine Liegeerlaubnis tagsüber. Sitzen nur aufrecht, ohne Abstützen auf dem Tisch oder an der Wand.

Tagein tagaus alles immer wieder betrachten: Die Holzpritsche mit der zerschlissenen, blauweiß karierten Bettwäsche. Tisch, Hocker. Wassereimer, Kübel. Bedeckt frischer Chlorkalk den Kübelboden, zischt es beim Draufpissen mit stechendem Geruch.

Schlafzimmer, Esszimmer und Toilette in einem. Kein Austreten nötig. Drei Schritte hin, zwei her, rechts und links.

Das Fenster, zugemauert mit drei Reihen Glasbausteinen, dahinter Gitterstäbe, Lüftungsklappe halb offen. Steht Gregor ganz dicht davor, kann er oben einen Spalt Himmel sehen – mal grau, hellgrau, dunkelgrau, mal blau.

Zur Tür. Er geht und geht. Wohin gehen seine Gedanken? Sie sind frei.

Was wissen die Eltern, die Freunde, die Leute im Ort – ist es schon Stadtgespräch, dass er als Knastbruder, Knastologe, Knacki gesiebte Luft atmet?

Nur raus hier, schnell wieder raus!

Als Musketier Freibeuter Indianer Cowboy mit einem Satz die Tür aus dem Rahmen sprengen. Krachend zerreißen die Eisenbänder, fliegen Holzsplitter umher, suchen erschreckte Wärter das Weite.

Wird er wieder nicht zum Verhör gerufen, passiert auch bis zum Abend nichts. Klappe auf. Brot, Tomate oder Käse oder Wurst, eine Art Tee. Klappe zu.

Fertigmachen zur Nachtruhe! Zur Wand drehen. Abschalten. Abschalten wovon?

... Hohnlachend verließe er den Bau. Warum nicht noch mit der Waffe des Postens den Vernehmer als Geisel nehmen, die Befreiung der Mitgefangenen erpressen?

Nichts hat er, hat nichts in der Hand. Seine Sachen liegen in der Effektenkammer. Dafür bekam er Zeug aus dunkelblauem Uniformstoff, darunter ein verwaschenes gestreiftes Hemd, wie es draußen bestimmt kultig wäre.

Ab und zu macht der Posten vom Gang aus in Gregors Zelle Licht. Dann muss er mit dem Gesicht zur Tür liegen, mit offenen Augen zu erkennen geben, dass er wach ist – wovon auch müde? –, damit der Wachtmann sieht: er lebt noch.

Er erinnert sich an Gesichter von Freundinnen; an die Bilder in den Zimmern zu Hause, in Büchern, auf Briefmarken seiner Sammlung; an den Geruch und Geschmack von Speisen.

Er denkt an Musik, die im Musikunterricht nicht vorkam, zählt sich Beat- und Rockgruppen auf, von Atomic Rooster bis Yes und The Zombies; denkt an Lektüre, die im Deutschunterricht höchstens kurz erwähnt und abgetan wurde. Kafkas Geschichten spiegeln die spätbürgerliche Entfremdung und Existenzangst...

Der tödliche Schrecken, die Abscheu des Wachhabenden, läge Gregor als Käfer morgens auf der Pritsche!

Käfer Gregor dürfte auch am Tage in der Zelle liegen, dem Verwahrraum – dem kleinen Menschenzimmer. Doch bekäme er die Tür nicht auf. Einem so großen Käfer gelänge die Flucht nicht. Man würde ihn erschießen, ihn nicht für Gregor, den Gefangnen, halten.

Er müsste also klein sein, unscheinbar und sich vorm Zertretenwerden hüten. Nur: würde er als Käfer noch denken wie ein Mensch, wäre er noch Gregor, also ganz bei sich? Wäre es noch eine, seine, Flucht oder sein Verschwinden? Die Verwandlung – führte sie nicht ebenso zum Tod?

Das sind die Abwechslungen: zwei Tomatenscheiben, Käse, Wurst, die Farbe des Himmels, seine Gedanken.

Und ob Verhör ist oder kein Verhör. Mal täglich, dann wieder ein paar Tage ohne. Er kann nicht damit rechnen, weiß es nicht, man sagt ihm nichts.

– Kommse, Nummer sechsundreißig-eins! Beeilung! –

Abwechslungen sind die Wege zur Vernehmung und zurück zur Zelle.

Es wird streng darauf geachtet, dass er auf den Gängen niemanden sieht. Vor der Begegnung mit anderen Inhaftierten leuchtet eine rote Lampe auf. Ampellicht wie im Verkehr. Die Tür zu einer Ausweichzelle wird aufgerissen. Wegtreten! Sie ist kaum größer als ein Schrank. Oder einfach: Gesicht zur Wand! Er hört das Stiefelklacken der Posten, die Nebenschritte kaum hörbar dünner Häftlingsschuhe.

Hören wird wichtiger als sehen. Geräusche orten und einordnen.

Der endlose Gang, Zelle an Zelle. Er stellt sich vor, an den Türen der Verbrecher, der Unfügsamen, stünden statt der Nummern die Delikte: Fluchtversuch aus Staatsgehege, Flugblatt-, Hetzschriften-, Schund- und Schmutzverteilung, Untergrundwühltätigkeit, Obrigkeitsverunglimpfung, Staatsorganeherabwürdigung, Symbolemissachtung, Aufwieglung.

Gregor hatte eine Fahne aus ihrer Halterung gerissen und durch Pfützen gezogen. Das war Unfug, Idiotie, klar, und er war angetrunken gewesen. Was hatte er den Kumpels zugerufen? Konnten die schnell genug abhauen, als Polizei kam, oder saßen die auch mit ein?

Das Verhör selbst ist Abwechslung. Denn der Vernehmer wechselt. Und wenn es doch der selbe ist, der von vorgestern oder von vor ein paar Tagen oder der neue von gestern, muss es doch nicht der selbe sein, weil seine Taktik wechselt, von heute auf morgen, von einem Augenblick zum anderen.

Nicht unfreundlich, fast gut gelaunt, – Wir sind keine Unmenschen! –, dann ungeduldig gereizt, scheinbar mit den Gedanken weit weg, kaum verstehbar flüsternd, unvermittelt schreiend, drohend. Plötzlich schnarrt das Telefon, und er hebt ab, spricht, es dreht sich irgendwie um ihn, Gregor – vermutlich vorgetäuscht.

Welche Stimmung soll verbreitet werden, ihm zusetzen, sich auf ihn übertragen, ihn beeinflussen, gefügig, mürbe machen, verschrecken, weich werden lassen?

Auf seine Fragen, wie lange er noch in der Untersuchungshaft bleiben müsse, wann sein Prozess wäre: Es geht alles seinen Gang. Wann er endlich Post bekäme, es müsste doch schon längst ein Brief von zu Hause… Glauben Sie etwa, wir unterschlagen Post, wir, der Staatssicherheitsdienst?

Eine Abwechslung auch der Freigang in der Freizelle. Diese Wörter für fünfzehn Minuten Umhergehen mit auf dem Rücken verschränkten Armen in einem Käfig, umgeben von Mauern, ungefähr vier mal vier Meter; darüber Maschendraht mit einem Laufsteg für die Posten. Hundegebell, Kindergeschrei vom Schulhof, einem Hort vielleicht. Wenigstens etwas Aussicht: gerollter Stacheldraht über Backsteinmauern, ein Ast und etwas Himmel.

Heute Kaffeeduft, die Tasse, die Kanne steht bereit, Zigaretten liegen auf dem Tisch, HB vom Westen – warum auch nicht, der Duft der großen weiten Welt. Die milde, die joviale Tour – so wird er darauf eingestimmt.

Setzen! – Grußlos nimmt der Vernehmer ihm gegenüber Platz. Es entgeht ihm nicht, dass Gregor immer mal verstohlen zur Kaffeekanne und den Zigaretten schielt. Die Gedanken sind frei, doch leicht zu erraten.

Es wird ihm nichts angeboten, er soll darum bitten – den, der ihn vor Tagen noch Feind, Subjekt, Dreck, Pickel am Arsch des Proletariats nannte, Mistkäfer auch!, der ihm unterstellte, sich an der Vorbreitung eines dritten Weltkriegs zu beteiligen, Handlanger des westdeutschen Imperialismus.

Wir können auch anders!

Ach ja, er hatte wieder vergessen, Hände unter die Oberschenkel beim Sprechen! Gesten könnten als Angriff gedeutet…

Und jetzt, was ist das! Er soll antworten, weiß aber nicht was, hat die Frage nicht gehört, nicht verstanden – vielleicht: was er sich dabei gedacht und wer ihn angestiftet habe zu der Tat, wer noch dabei gewesen sei, mit wem er überhaupt und wie und wann und wo – das Gleiche immerfort.

Antworten Sie! Er kann aber nicht reden. Dafür schwillt sein Leib an. – Bin ich das?, denkt er oder fragt es laut. – Also doch: sein Panzer drückt gegen die Kante des Tischs, der kippt gegen den Vernehmer. Der hebt beide Arme in Abwehrhaltung. Zwei Posten stürzen sich von hinten rechts und links auf Gregor, reißen ihn hoch, schleifen ihn aus dem Raum, den Gang mit den Menschenzimmern der anderen Unfügsamen entlang, schmeißen ihn in seine Zelle.

Er liegt so hart auf dem Panzer, denkt aber wie ein Mensch, wie Gregor der Käfer, denkt die Nacht durch, bis der Schlüsselbund gegen die Tür rasselt.

Zum Autor

Foto: Juliane Kuhn

Christoph Kuhn, geboren 1951 in Dresden, lebt als Schriftsteller in Halle (Saale). Nach dem Studium der Augenoptik in Jena, seiner Tätigkeit als Augenoptiker und dem Fernstudium am Literaturinstitut in Leipzig ist er seit 1989 freiberuflicher Autor.

Er schreibt Erzählungen, Lyrik, Essays, Theaterstücke, Beiträge für Zeitschriften und den Rundfunk, begleitet Kurse für Kreatives Schreiben an Schulen, Volkshochschulen und Akademien.

Buchveröffentlichungen (Auswahl):

Die Beine unterm Tisch, Erzählungen,
Verlag Edition Doppelpunkt, Wien 1997.

Die Leseratte Misram, Kinderbuch,
Verlag Blaue Äpfel, Magdeburg 1997.

„Wie gut, daß bei uns alles anders ist!“
Ost-West-Dialog in Briefen
mit dem Schriftsteller Kai Engelke,
Klaus Bielefeld Verlag, Friedland 1999.

kein tagesthema, Gedichte,
Verlag Christoph Hille, Dresden 2003.

Weitere Informationen zum Autor im Internet
unter www.fbk-pelikan.de